中公新書 2805

黒井千次著

老いの深み

中央公論新社刊

老いの深み　目次

I　まだ青二才という爽快感　3

II　喉につかえることはありませんか　37

Ⅲ　危ない近道の誘惑　87

老いの深み

I　まだ青二才という爽快感

片方だけの眼で読む、書く

八十代にかかった頃のある朝、目覚めると、左眼の視界の左上隅に黒い染みのようなものが出現しているのに気がついた。さほどの大きさでもないし、あまり気にならなかったので、そのうち消えるだろう、と考えて様子を見ることにした。

ところがその染みは薄くなるどころか、反対に黒く大きくなって来るようだった。さすがに心配になり、知人が紹介してくれた眼科医院を訪れた。

眼圧は異常に高く、眼底出血が見られ、出血性の緑内障である、と診断された。幾種かの治療を受けたが、左眼に映る像はぼうと白くぼやけ、視力は弱まる一方であった。

通院し始めて少し経った時、この眼はもうなおらないのでしょうか、と医師に訊ねた。

今大切なのは、病んだ左眼が前の状態に戻ることを期待するよりも、まだ病んでいない右眼に異常が起らぬようしっかり対処することのほうですよ、と諭すように医師に言われて衝撃を受けた。

つまり、左眼はもう以前のようにものの見える状態には戻らない、と宣告された。眼は左右二つあってよかった、と天に感謝した。残された右眼も年齢とともに視力は確実に低下しているので、こちらも大切にせねば、と痛感した。そんなことをぼやくと、あの人も片方の眼は見えないが普通の人と同じように仕事をこなしている、と教えて励ましてくれる知人もいた。

となると、次は片方だけの眼でどのように読み書きをこなしていくか、の問題に直面する。

心配した家族が、字を読むための巨大な虫眼鏡のようなもののついた書見台や、拡大鏡の縁に明りが埋められた卓上の電気スタンドなどを探しては買って来てくれた。いかにも便利そうな器具だが、実際に使ってみるとどうもうまくいかない。

一方、書くことについても似たような困難にぶつかる。原稿は縦書き四百字詰めの原稿用紙に万年筆で書くことを六十年以上続けているのでそれを今になってワープロのような機械に変えることは出来そうにないし、変える気もない。

仕方がないので万年筆を握って原稿用紙に向い、前と同じように書いてみようとする。原稿用紙の罫(けい)の太さと色とがまず問題となる。線がはっきり見えないのである。砂の中に指を突込むような不安を感じつつ、勇気を出して字を書いてみる。一つのマスの中に一つの文字を記入するのが難しい。マスの中で字が横に寄ってしまったり、上下が離れたり重なりかけたりする。また縦に続いていた字が、下に五、六字を残すあたりまで来ると急に右に寄ってマスの目からはみ出し、隣の行にはいったりしてしまうのに閉口した。

しかしそのうちに、原稿用紙のマスメさえしっかりした濃さと色合いを保っていればさほどの苦労はなしに、なんとか原稿は書けるようになった。書く速度は、両眼がしっかり開いてものを見る眼が健全であった頃に比べれば遅くはなっているとしても、なんとか字を書き続ける力は復活したように思われる。

それに比べれば、字を読む困難のほうが遥かに大きい。自分で書く字の大きさはこちらで決められるが、与えられた印刷物の字は決められている大きさで続いていく。いくら眼鏡をかけていても、視力の衰えかけている単眼でそれを追うのは難しい。新聞の一面にこれほど様々な大きさの字が並んでいたのか、と驚くばかりで、そこで足踏みする。

単眼用の眼鏡と単行本

〈読む〉ことと〈書く〉こととは、ともに文字に関る人間の知的活動であるが、ではどちらがより重要であるか、などと考えることがある。左眼の視力が著しく衰え、緑内障と診断されて以降、とりわけそのあたりのことが気にかかる。

〈読み・書き・そろばん〉という言葉は子供の頃からよく耳にしたが、最初に〈読み〉が置かれ、次に〈書き〉が続くのは、前者が後者より重要な活動であるからか、それともより広い活動の場を持つからか——。

左の眼がほとんど視力を失ってからの〈書き〉の苦労とその対策については、この連載の先日の文章に書いたが、もう一方の〈読み〉の苦労については、新聞の一ページの中に実に様々の大きさの字が並んでいることに気づき、あらためて驚いた、ということを書くにとどまった。字の小さなベタ記事は、右眼の老眼鏡のみでは容易に読めない。

同じことは、雑誌や文庫本についてもいえる。文庫本の活字は昔に比べて随分大きくなり、ゆったりと組まれて読みやすくなっているとはいえ、やはり楽には読めない。週刊誌の拾い読みなどといった楽しみも容易には味わえない。

つまり、字を読むという行為は、机に向って坐り、曇った日は昼間でも卓上の電気スタンドを灯し、イザ、ヨムゾと身構えてからでなければ始められぬ作業となった。電車や新幹線の中などで文庫本のミステリーに読み耽る、といった長い習慣は奪い去られた。

同時に、別の疑問も生じた。ほとんど見えてはいない左眼も右眼が字を読む時にはなんとなくそれを追って動いていくような気がする。役には立たぬそのような中途半端な左眼の動きはむしろない方がよいのではないか。

長いつきあいの眼鏡店に出かけ、社長に相談した。それなら、読み書き用の老眼鏡の左眼は見えぬようなレンズを入れたらどうか、との案を示してくれた。

やがて、他にも工夫を加えた単眼用の新しい眼鏡が出来た。

それをかけて本に向うと、なんとなく背筋が伸びて字が読みやすくなったような気がした。レンズが二つある眼鏡より、一方は見えぬレンズを入れた新しい単眼用の眼鏡のほうが親しみを持てるような気がした。その単眼用の眼鏡を使い、机の前に正座しておもむろに単行本を開く読書が始った。以前に比して読む速度は落ちているのだろうが、それでも字の大きな単行本なら、なんとか読み通すことが可能となった。後は気力の問題だが、こちらは年齢の条件を気にしつつ、ゆるゆると進むしかあるまい、と考えている。

眼鏡の有無に関係なく、とにかく緑内障に端を発した視力の障害は、読むことと書くことへの当面の対策を立て、それを実行することによってなんとか乗り切る見通しが立つところまで到達した。読み書きがなんとか続けられるなら、もう少し先まで進んでみたい気持ちは強い。

それにしても、と最近よく感じるのが、字の小さな印刷物の多いことである。単眼、双眼を問わず、これは俺には読めない、と諦めざるを得ぬような字の羅列にしばしば出合う。クスリ瓶に貼られた服用に関する説明書や注意書き。家庭用電気製品の取扱い説明書などに並ぶ微小な字の列などは、虫眼鏡を使っても容易には読めない。これは読ませるためのものではなく、印刷しないことを避けるためだけに印刷したものとしか思えない。こちらは緑内障や年齢には関係ない話ではあるけれど——。

広がる立入禁止地帯

時折、あれ、と思って立ち止ることがある。これまでほとんど考えもしなかったようなことに不安を覚え、どうしよう、と迷いが生じる。

たとえば、電車や飛行機に乗って少し離れた所まで一人で出かけねばならぬような場合である。一人で行けるだろうか、大丈夫だろうか、と心配している自分がいるのに気づく。

少し前までは、そんな不安を感じることはなかった。外国とまでは言わなくても、国内の遠隔地に出かける時なども、旅は一人が気楽でよい、と考えてさっさと支度に取りかかったものであったのに、最近は、待てよと一瞬迷うようになった。漠とした不安が身の底で揺れているような気がする。不安の正体は、どうやら自分の体力の不足とか、気力の衰えとかに対する怯えに発しているらしい。大丈夫だろうか、無事に帰って来られるだろうか、と心配している気配がある。事故や急病といった明確な事態の発生を心配しているわけではない。それほど形のはっきりした不安ではないもっと漠とした自信の無さが、ひそかに生れてしまっている。その結果、ここより先はもうダメ、といった立入禁止の領域を自分で作ってしまう傾向がある。

いささか情ない話だが、そんなふうに考えるのが自然である、と思われる。そしてこのような姿勢が自分の胸に生れたのは、なにか特別の事態に旅先でぶつかったとか、事故が身近に発生したためとかいうのではない。むしろ、さりげない日常の暮しの中で出会う体験が積み重なって、いつか不安の領域を生み出したのではなかろうか。

日常生活の中でぶつかる瑣事とは、たとえば日々の散歩を巡って感じることなどである。

ある時は、何も考えずに散歩の足を少しのばしてやや長い坂を下ったところ、帰りにその坂を登ろうとするとそれが困難で、タクシーでも呼ばなければ帰れないのではないかと慌てる失敗をした。その折には遠廻りして自分の足でなんとか無事に帰宅したのだが、坂を下りる時には登りのことを考えておかねばならぬ、と痛感した。

またある時は、これも散歩についてだが、ふと気がつくと自分の歩く範囲が著しく縮んで小さくなってしまっているのに驚いた。かつては何も考えずに下駄を履いて出かけていたキウイの畑や、幾つかの学校の並ぶ土地などがごく自然に散歩の行先となっていたのに、今の感覚では、そこはバスに乗るか、タクシーでも利用しなければ容易に出向く場所とはならぬことを知らされた。たまに車に乗せてもらってその辺りを走ると、自分は以前、本当にこんな所まで歩きまわっていたのか、と容易には信じられぬ気分を味わうほどである。

これは家から出て外へ向う折の話だが、同じようなことは他の様々の場面でも起っているに違いない。

昔はなんでもなかったようなささやかなことが、知らぬ間に、力を尽くしても容易に遂行出来ぬ難事となってしまっている。自分を取り巻く状況が変ったわけではない。

こちらが心身ともに老化して力を失っただけのことだろう。

客観的にはそうであっても、しかし老いたる本人にとって事態は深刻である。なにやら自分には禁じられた地帯が自分を取り囲んでいるらしいのだから。しかもその黒い帯にも似た領域は少しずつ広がる気配を示している。

このまま動きがとれなくなったらどうしよう――。

生きる場が狭いことは、深さを増すことにつながりでもすればいいのだが。

朝に出合う歳月のカタマリ

朝、起き出す際に訪れる優しい時間の環（わ）の如（ごと）きものについては、しばらく前にこの連載に書いた。

更にその後、朝のその特別の時間の環の中で出合った動物達の群れの後姿についてもシリーズに綴（つづ）ったのを覚えている。斜面を登る動物達の姿が、〈老い〉という名の生きものそのものの姿として目に映ったことについても、このシリーズの「老いのゆくえ」の末尾で触れた。

眠りには別れを告げたのだが、昼間の日常の場にまだ足を踏み入れてはいない特別の時間の中に浮かんで来たのは、子供の頃のとりとめもない思い出の断片であったり、また群れをなして斜面を登る動物達の幻の姿であったりした。

ところが、また少し事情が違って来た。つい先日のある朝、いつもと同じように起きて足を床におろしたままベッドの縁に坐り、パジャマの両膝の上に両手をつっかえ棒の如く突いたまま、下を向いてぼんやり考えていた。

――こうして両足があり、その足が内側に折れたまま、先端はフローリングの床に触れている。

そこには、なんとなく平泳ぎの恰好（かっこう）を思わせる下半身があり、更にいえば、跳び上ろうとする蛙（かえる）の構えたような姿勢が窺（うかが）える。

しかし跳躍の気配などはなく、折れた割り箸にも似たものが二本、無表情に眼の下にあるだけだ。――こんなふうにしてオレは生きているのだな、とふと思う。その左右の足に躍動や飛翔（ひしょう）を窺わせる気配は全くないけれど、かといって枯れて乾いてしまった小枝の面影は見られない。

ああ、これがオレの今の姿なのだ、と納得する気分で頷（うなず）いている。――前と変らず膝を左右に突き出すようにして折り曲げたまま、足は下腹の下に静かにつながっている。勢よく伸ばしたり、素早く折り曲げたりする動作は出来ないけれど、身体を支えて歩くことは可能なのだから、これはこれでいいではないか、と納得する気分が身の奥から静かに広がってくる。そうしてふと、こんな思いが湧いてくるのを覚える。

朝とはいっても九時近い頃に起き出して出合う特別な時間の中で、自分は案外大切なものに出合っているのかもしれないぞ、と——。

最初の出合いは数年ほど前の朝、自分がなにやら優しい時間の環の如きものの中にいるのに気づいたことだった。その環の中には、自分の子供の頃のとりとめもない思い出が静かに浮かんでいた。

そして二度目の経験はいわば幻像との出合いであり、何故か突然に、斜面を登る動物達の群れの後姿にぶつかるというものだった。実際にそんな光景を目撃したことはないのだから、これは老いていく自分の姿をその動物達の姿の中に見出そうとする試みであったのかもしれない。

としたら、朝の特別の時間の中に訪れるのは、過去の記憶の断片であり、昼間は隠れて見えないものの後姿であり、大切なナニカである可能性が強い。

そして別の朝の別の時間に出合う自分の姿は、昼の光の中では見ることのかなわぬ現在の自らの像であるか。

と考えるなら、自分は今、これまで生きて来た歳月のカタマリのようなものに触れているようでもある。

子供の頃のささやかな甘美な思い出があり、獣の群れの幻視の中にはすぐ先にある老いの牧場が見え、開いた形に折り曲げたパジャマの両足には現在を支える力がまだ少し残っている。それも消えたらどうなるのだろう——。

検査結果に医師の気遣い

七十代にはいってしばらく経った頃、内臓に異常が生じて手術を受け、一か月ほどの入院生活を余儀無くされた。

幸いに術後の経過は順調で、退院後は年に何回か病院に出向き、定期的な検査を受ける運びとなった。

その後、また別の病いも発生したので、そちらの専門の病院でも経過観察の検査が必要となり、病院に通う回数が増した。

更に、住んでいる土地での健康検査も加えれば、病院や町のクリニックで年に合計十回近くは、血液検査に始まる幾種かの検査を受けねばならぬ次第となった。つまり、身体の状態のチェックは、今や年中行事となったわけである。

近所のクリニックなどに後期高齢者医療健康診査に出かけると、採血する検査の前に、必ず身長と体重を測る。その度に気のつくことがある。――体重はその時の事情によって増減が見られるが、身長の方は減少していく一方の変化しか起らない。幾年か経つうちに、後期高齢者の身長は一センチ、二センチと縮み、やや長身と思われていた背丈は、気づかぬうちに縮んでいる。骨そのものの伸縮は起らないであろうから縮むのは骨自体ではなく、骨と骨の間隔か、と想像する。人体の変化が、横方向に測れば胸囲もウェストも増減するし、体重も変化するのに、縦の変化だけは縮小しか起らぬのは、なんとなく不公平な感じがする。

それは人体の形の上での変化だが、血液検査を受けるとまた別のことが起る。

血圧や脈拍など、動きのわかりやすいものについては自分でも見当がつくけれど、検査結果を表示する血液検査の数字の羅列だけを見せられても、その意味するところはわからない。長年診察を受けている医師の言葉に接しないうちは安心出来ない。そして数字につけられた〈L〉は標準に対して結果が低過ぎるのであり、〈H〉はそれが高過ぎることを示しているのを理解する。

つまり、血液検査の結果はただの数字の行列ではなく、身体の成績表であり、健康の内申書でもあることになる。

そのことがわかってしばらくすると、検査の結果にパタンがあるのに気がついた。

——ある数字は微妙に上下しつつ、しかし長期的に見れば良からぬ方向に進んでいる。

——別の検査結果は小さな変動をはらみつつ、傾向としては好ましい方向へと動いている。

結果によっては状態に対応する薬を処方されて飲むことになるし、また従来の薬の服用を止めたりもする。

年に一度、住んでいる土地での後期高齢者健康診査に出向き、検査結果を眺めた医師から、身体の状態はうまくコントロールされているようですね、などと褒められると、ひどく単純に嬉しくなる。

最近、それとはまた別の対応が、長年お世話になっている医師との間に生れていることに気がついて、ひとり苦笑する折があるのを発見した。

血液検査の結果を眺めながら、医師が感想を述べる際である。〈L〉や〈H〉と表示される記号の含まれる数字の表を眺めながら、医師が遠慮がちに言うのである。

——多少は問題のある検査項目はありますが、それは標準の年齢の人についてであって、お歳がお歳ですから、この結果は気になさらないでもいいでしょう、と。ホメられているのか、ナグサメられているのかわからない。自分が歳をとったことだけは、はっきりわかるけれど。

「ファックス止り」で仕方がないよ

歳を重ねると、日常生活の中で不便を感じたり、不満を覚えたり、不平を言いつのりたくなったりすることが多くなる。世の中の変化のスピードにこちらがついて行けないための不具合が、あちこちに生ずる。

その不平や不満をじっくりと味わうには、それなりの歳月を生き続けて来なければならない。過去の生活の仕組みやありようが、現在目の前にある暮しと相当に変化していなければ、その違和感や不満は充分に熟さないからである。

かつて、ファクシミリと称する電話装置が出現した時、原稿を編集者に会って手渡したり、郵送したりする時間を省けるために、原稿の〆切日がその分だけ先に延びる感じとなり、大変ありがたかった記憶がある。

電子機器類の出現、普及が急速に進み、やがてワープロとかパソコンとか呼ばれる装置が原稿の誕生から受け渡しの役を果す主力となりかかる頃、こちらと似た年配の誰かが洩らしたという言葉を耳にして、同感を禁じ得なかったのを覚えている。

——便利なものがいろいろ出て来ているみたいだが、自分がついていけるのは、せいぜいファックスまでだな。

このファックス止りの嘆きには、こちらも深く頷いたものだった。

その先になると、文字を手で書くのではなく、機械とのやり取りの中から文字を呼び出すような仕事となるためか、〈書く〉という行為のあり方が変って来そうな気がする。

とにかく、万年筆を握って四百字詰めの原稿用紙に原稿を書くことを半世紀以上も続けて来た身にとって、つき合うのは「ファックス止り」という呟(つぶや)きはまことに納得出来るものだった。

それはともかく、世の中の変化と当方の日常生活との乖離は、必ずしも電子的な機器の発達とは関係のないところにも発生している。

たとえば、すべての文字が小さ過ぎて、よく読めない。こちらが緑内障にかかり、片方の眼の視力が著しく低下していることは充分に承知の上の話だが、見える片目に渾身の力をこめて挑んでも、やはり小さな小さな活字は文字として眼に映らず線の如きものとして横に縦にとただ並ぶだけである。

薬のビンに貼られた服用上の注意書きや、各種の家庭用機器の取扱説明書の如きものは、まず読み通すことが困難だ。見当をつけ、想像力を総動員して内容を推察するしかない。

そんな時、しかしふと考えたり、感じたりすることがある。――俺は年寄りなのだから、こんな小さな字が読めないのは当然なのだと。

なんとなく、鈍い夕陽に包まれているような感じでその微小な文字らしきものの連なりを眺めていると、諦めに似た感情がゆっくりと湧いて来るのを覚える。すぐに続いて、だから俺は許されているのだといった和やかな感情が、温い波のように静かに押し寄せて来る。――そう、仕方がないのだ、と。なぜかわからぬが、それは甘美な波なのである。

この気持ちの動きは年寄りの単なる甘えではないか、との反省がすぐ後を追うようにして湧いてはくるが、仕方がないのだよ、と言い返す声は甘い響きを帯びて身の底に静かに沈んでいこうとする。

仕方がない、仕方がないと思いつつ、子守唄を口ずさむ気分で身体を揺すり続ける。

――俺はもう年寄りなのだから、年寄りなのだから。

まだ青二才という爽快感

四、五十分も電車に揺られて都心まで出かけることが億劫（おっくう）になり、パーティーなどにも出席するケースがめっきり減った。

かつては、年末が近づくと出版社等のパーティーが重なって、出席する者同士が会場で顔を合わせ、毎日みたいに会ってるね、と苦笑したりすることが珍しくはなかった。

気がつくと、そういう賑（にぎ）やかな場所へ足を運ぶことが少なくなったのは、こちらが歳を重ね、よく顔を合わせていた編集者や新聞記者も定年を迎えて一人、二人と現場を去り、また自分と似た歳頃の仲間達もパーティーなどへはもう顔を出せぬほど遠くへと去ってしまったからだった。つまり同世代の人が少なくなって次第に現場感覚が薄れていく。

ある時期には冗談のように、この場では貴方(あなた)が最年長者ですよ、などと言われて苦笑することもあったが、今やそれは単なる事実の指摘に過ぎなくなった。

ところが最近、ふと出席してみよう、と気持ちの動く会があった。ある文学賞の贈呈式のパーティーだが、既知の受賞者に祝意を伝えたい気持ちが動いた。長い工事の末に新装なった建物であるその会場への興味も若干あった。

パーティーは会場で長く立ったまま過すのが何より苦痛だが、新しいホールはゆったりした造りで、端の方に幾つかの丸テーブルと椅子の用意のあるのがありがたかった。誰も座っていない椅子にそっと腰をおろし、やれやれと周囲を見廻した。開会を控えて人の多くなる気配がたかまってくる。

その時、会場への入口から黒っぽい衣服の一人の中背の男性が、太い杖(つえ)を手にしてこちらの丸テーブルへと近づいて来るのに気がついた。若い女性が世話をみるように後ろからついて来るのだが、当の男性はしっかりした足取りで丸テーブルの椅子に近づくと腰をおろした。

すぐ隣の椅子なので、間違えようはなかった。とうに九十代にはいっている筈の画家だった。文筆の腕も確かなその画家とは以前にお目にかかり、お話を伺う機会が幾度かあったので、御挨拶(あいさつ)して近況をたずねた。足がね、少し痛むがと膝の横あたりを手で軽く叩かれたが、とりわけ苦痛の表情は見られなかった。

驚いたのはその後だった。式にはいり受賞者の挨拶などが舞台の上で始まると、画家はやおら立ち上り、樹木の太い枝を切り落したような杖を床に突いたまま、身動(みじろ)ぎもせずに壇上からの言葉に耳を傾けている。

少しすれば坐るだろう、との予想に反し、画家は床にしっかりと杖を突いたまま、直立に近い姿勢で舞台からの言葉に耳を傾け続ける。

こちらも立たねばならぬか、と考えはしても、遂に椅子から尻の離れなかった当方は、なんとなく恥しいような気分とともに、一種の爽快感が身の内に湧いていることに気がついた。

自分はこの画家に比べて明らかに若輩なのであり、未熟で足りぬことばかりの青二才に過ぎず、失敗する場がまだこの先に幾つでも残されているのだ、という自由の感覚が芽生え、少年のような爽やかな気分の中に自分が放たれているのを感じた。考えてみれば、自分より歳上の人と話すのは久し振りのことだった。

人間にとって絶対であるのは〈誕生〉と〈死〉だけであって、途中の年齢はすべて相対的なものに過ぎぬ、との思いが強く湧いた。

老人にとって失敗とは

日々の暮しの中で、失敗することが俄かに多くなった気がする。大事にいたるほどの出来事を引き起すわけではないけれど、それなりに困ったことが次々に起る。なかには弁解の余地のある失敗も含まれる。たとえば視力にかかわる出来事である。緑内障と診断された左眼は視力が著しく弱まり、反対側の眼だけに頼る生活を強いられるようになった。数年前からである。一方の眼しか見えなくなると、手もとの遠近の感覚が衰え、モノの奥行きがなくなる。

少し前、盆にのせた急須に熱湯を注ぎ、香ばしい焙じ茶を飲もうとしたのだが、注

ぎ終えて気がつくと、ポットのお湯のほとんどは、盆の上に湯気を立てて広がってい
た。奥行きの感覚が狂っている、と充分に自戒しているつもりなのに、どうしてこう
なるのか――。

以前は眼帯などをつけることがあっても、幾日か経つうちに単眼の状態に慣れ、や
がて違和感は薄れて日常生活に特別の支障はなくなったような覚えがある。

ところが今は、単眼状態に陥ってから既に幾年も経つのに、カーテンレールにさげ
たフックに、ハンガーの吊り手のカーブした部分が未だに一度ではかけられず、両手
を使ってようやく目的を達する始末である。

急に単眼状態になると奥行きの感覚が狂うのは仕方がないとしても、それを補う立
体感がいつまで経っても戻って来ない。

これは発生した異常を矯正し克服するための体力が衰えてしまったためだろうか、
と溜息(ためいき)をつくしかない。

失敗といえば、しかし考えてみると、人間はそもそも、日常生活の中での失敗とと
もに育って来る。

そもそも赤ん坊は最初は寝たままで、立ったり歩いたりはしない。育つにつれて、ハイハイが始まり、つかまり立ちが可能になり、やがて両手を支えから離して二歩、三歩と歩くようになる。

二歩、三歩と歩けるようになったかと思うと、四歩めに両手をあげて尻餅をつく。前に転んで四つん這いになる。

つまり、転ぶことを越えなければ、歩いたり走ったりは出来ないわけで、転ぶことはその準備活動であるといえよう。

とすれば、幼児にとって転ぶことは避けて通れぬ門であるといえよう。そこでは、転倒は未熟の殻である。

そしてふと我が身を振り返れば、年寄りの転倒は過熟の結果なのだ、との認識が湧いてくる。成長期の子供は未来へ向けて転ぶのであり、老人は終りに向かって転ぶのだ、ともいえるかもしれない。

だからこそ、老人の転倒は避けなければならない。

転んだ子供は泣きながらでもやがては立ち上るが、年寄りは泣かないかわりに、独りでは容易に立ち上れぬことが多い。同じ転倒でも、幼児と老人とでは起っていることの意味が違う。幼児の失敗は前進するための足がかりであり、老人の失敗は、今、何が起っているかの確認に終る。

それにしても……しかし自分はよく失敗する。道での転倒などは経験しているので気をつけているが、日々の暮しの中でのささやかな失敗は明らかに増加傾向にある。面白がっているわけではないが、しかし時には発生した事態に手を叩いてやりたいことも発生する。

食事の折、この背の高い器はきっと手にひっかけてテーブルから落すぞ、と予感が走る。そして予感が適中すると満足を覚える。

Ⅱ　喉につかえることはありませんか

老化監視人からの警告

家の中に「家庭公務員」とでもいった職種のメンバーがいるのではないか、と感じることがある。

国家公務員とは、国家の公務に従事し、国家から給与を受け取る公務員である、と辞書などには書かれている。

地方公務員という人々がいる。こちらは、国家公務員における「国家」が「地方」に変るわけだろう。

としたら、「家庭公務員」と呼ばれる人も存在し得るのではないか、と想像する。

家庭は私人の集りではあるけれど、その中にもし「家庭」単位の「公務」というものがあるとしたら、家事に従事する家族の構成員は、「家庭公務員」と呼ばれる資格があるのかもしれない、とぼんやり考えてみたい気のすることがある。

ただしかし、この公務員の主たる役目は、監視と警告なのである。簡単にいえば、家族に対する見張りと文句、つまり苦情を発し、それを当の本人に伝える任務を荷(にな)った、家庭における公務員なのである。この公務の遂行に私情はさしはさまれず、個人的な反応を示すことは許されない。公務員なのだから――。

そんなことを考えるようになったきっかけは、家の中に老化監視人とでもいった公務を荷ったメンバーがいるのではないかと、気づいたからである。誰とは言わない。女性であるようだ、というにとどめる。しかしこの監視はなかなか厳しく、家の中に「老化」の気配が侵入するのを見張っている。年寄りくさい立居振舞いがあると、たちまち警告を受ける。

たとえば、居間の椅子にやや長く坐った後、立ち上って歩き出そうとすると、腰が重く、痛みそうになるので、つい尻の落ちた前傾姿勢を取りがちになる。それがよろしくない、という。そしてよく引き合いに出されるのが、かつてすぐ隣に住んでいた我が父のことである。

九十歳で亡くなった父は、確かに最後まで背筋のピンと伸びた人だった。子供の頃からそういう躾(しつ)けを受けたそうで、背を曲げぬように、背の襟元(えりもと)から尻に向けて竹の物指しを祖父にさしこまれて育ったという話をよく聞かされた。

背筋のしっかり立った老父は、散歩に出る折にもステッキをつき、背をまっすぐに立てたまま、ゆっくりと道を歩いていた。まるで垂直線の平行移動のようだ、と思ったものである。決して腰を落したり、尻を引きずるような姿勢はとらなかった、と監視人はいうのである。

それは認めるけれど、年寄りが年寄りくさくなるのは自然であり、おかしくはないだろう。それを認めないのがアンチ・エイジングという考え方なのだろう、と遅まきながら気がついたりする。

家の中に年寄りめいた空気を持ち込むな、という主張の一部は認めるけれど、自然にそうなるのはそれこそ自然であり、否定のしようもない。

身心ともにいつまでも元気で若い頃と変らぬような毎日を過せるとしたら、それは幸せなことであり、そうありたいとは願うけれど、かといって一向に歳を取らずに若々しいままであるのも、どこか物足りないような気がする。何のための年寄りなのか、と尋ねてみたい気がする。多くのものを失ったかわりに、歳月によって与えられたものは何なのでしょうか、と少し嫌味をまじえて尋ねてみたい気がする。

家庭公務員としての老化監視人の仕事は次第に減少し、目こぼしや見ぬ振りがふえても一向に差し支えはない。

ヤッタゼ、電車で単独外出

先日、久し振りに一人で電車に乗って出かける機会があった。

近年は足許（あしもと）に不安があり、散歩の帰り道で転んだりしたこともあるので、なんとなく外出には慎重になっている。こちらの年齢のことを考えて先方が迎えの車を配慮してくれる場合も多いので、最近は一人で電車に乗ることが著しく減っている。

考えてみると、電車に乗るのは定期的な検査を受けるために都心の病院に出かける折が多く、しかもこの時は同じ病院で似たような検査を受ける妻と日を合わせて同行するので、お互いに自分が相手のツキソイのつもりで出かけている。つまり、単独での電車利用の外出は、かつてに比して著しく減少した。

たまに妻と共に外を歩くと、足があがらず靴底が道をこすっているのでもっとしっかり歩けとか、背中で手を組んで足を運ぶと、転んだ時とっさに手を使えないので顔を打つ危険があるとか、まことに様々な注意を受ける。

そんなソクバクのない自由な歩行が出来るのだ、と考えると、電車に乗っての単独外出は決して悪いものではない。

大丈夫かな、駅の階段でつまづいたりしないかな、との不安は皆無ではないけれど、それより単独行動の自由を味わうことへの期待の方がより強かった。行先が気楽な交友の場であることも、気分の弾みを後押ししていたかもしれない。

ところが、乗車する電車の駅に着いた時、失敗に気がついた。出かける折に、駅の改札口を通過出来るスイカなるカードを持つのを忘れてきたことに気がついた。JRも他の私鉄も近隣への乗車にはほとんどそれが利用出来るので、しばらく前から電車の切符など買った覚えがない。

カードを忘れた失敗は、単独での電車利用の外出に浮かれていた気分に水をさされたような感じの失敗だった。これは次なる危険の前触れではないのか、との不安まで浮かんで来たりした。

集いの場での和やかで楽しい時を過し、八時前に帰路についた。スイカがないので、またその私鉄の駅で乗車券を買わねばならない。JRに乗り換える先までの代金を調べるのが面倒なので、とりあえず私鉄の終点までの乗車券を購入した。

そこに着いて今度はJRの切符を買おうとして、目の前の販売機にコインを入れようとするが機械は無表情のまま動かない。隣に立っていた学生風の若い女性が、その機械は一六〇円までのものであり、それ以上の金額となる乗車券はこちらの販売機になるのですよ、と笑いながら教えてくれた。

礼を言ってその販売機に二百円のコインを入れ、ついでに「領収書」とかかれたボタンを押してみた。最初に相手に断られた腹癒(はらい)せの気分もあった。

横に細長い形の普通の切符の三倍はあると思われる、名刺大のピンクの厚紙のリッパな領収書が吐き出された。

ヤッタゼ、とカタキでもとったような気分が湧いた。最初の券売機で断られた腹癒せの気分を味わうことが出来た。よく見ると領収書は私鉄発行のものであり、「この領収書は大切に保存してください」と下に小さな字で書かれている。買った切符の何倍もの大きさの領収書を手に入れたことが、なんとなくユカイであり、軽い足取りでJRのプラットフォームへの階段を昇った。電車に乗る単独外出は成功した。領収書は大切に保存します。

居眠りは年寄りの自然

なんとなく、身体に力が感じられない。

一通の手紙に簡単な返事を書くことすら出来ず、積み上げた資料や雑誌が当分は不要とわかっていても、それを整理して片づけようとする気が起らない。

腹は空くのだが、食事が終ればたちまち眠くなり、テレビのスイッチを入れ、楽な姿勢をとれる椅子に身をゆだねれば必ず居眠りを始め、特に妨げるものがなければ、そのまましばしの眠りにはいってしまう。

外に出ればそれなりに道は歩くし、会議にでも出ればなんとか話を合わせることは出来るし、スーパーマーケットで豆腐くらいの買物ならこなすことが出来る。

つまり、目下の日常生活の中での必要最小限の仕事くらいならなんとかこなしていけるのだから、そこから一歩先の瑣事にまで踏み込んでいくことが出来ないのは、気の弛(ゆる)みであったり、怠慢であったり、面倒からの逃避であったりするのかもしれない。

なんとなく、そんな姿勢を非難する空気が身の周辺に漂っているのが感じられると、しかし、とこちらも反論する気分に誘われる。

――なにしろ、八十余年も生きて来たのだぞ――その間心臓は不規則に打つことはあっても、一度も止ったことなどないのだぞ――疲れるのは仕方がないではないか。

居眠りそのものを非難しているのではなく、その底にある姿勢の緩みが問題なのだと指摘は続く。椅子で眠るのはわかっているのだから、膝掛けとか毛布とか、それなりの支度をしてから寝るべきではないか、との苦言であるらしい。

しかし居眠りとは、これから居眠りしよう、と決心して実行するような行為ではあるまい。他のことをしているうちに、坐ったまままつい眠ってしまうのが居眠りの在り方であるだろう。

つまり、居眠りは年寄りの自然なのであり、生きていることの表現なのであり、時々刻々過ぎて行く時間の航路にも似たものであるだろう。言いかえれば、年寄りとは膨大な量の居眠りを背負って生きている人々のことだ、ともいえよう。

自分の居眠りする姿はじっくり眺めたことがないのでわからないが、あまり格好よいものではないだろう、との想像はつく。堂々たる居眠り姿はエライ男性老人のものであり、緩やかで優しい居眠りの影は白髪の女性老人のものであるように思われる。それはしかし、居眠りする人の外見に誘われて引き出されたイメージであり、居眠りそのものの果実にはまた別のものが宿っているのかもしれない。

居眠りに限らず、老いていく人の姿は、誰の目にも刻々の変化として映るとは限らない。学校の同窓会などで長い歳月をへだてて会えば、相手の変化に驚くことはあるかもしれないが、毎日顔を合わせる家族などの場合には、案外変化を捉えにくい場合もあるだろう。

同じ家の中で身近に暮していれば、日々重ねられていく微小な変化は、加齢とか老化といった形では捉えにくいこともある。等しい速度で走って行く二台の車は、ただお互いだけを見つめていれば、お互いに止っているように目に映る。その背後に見えないまま隠れている膨大な歳月は、日常的には気づかぬことがあっても、時にはあらためてその時間の袋のようなものに対決してみる必要がありそうな気もする。

三本目の足がくれたゆとり

ある午後、散歩に出ようとして玄関で靴を履こうとかがんだ時、すぐ前に置かれた傘立てが目にはいった。

そこに立っているビニール傘の脇に、やや遠慮気味に、どこか投げ遣り（や）な表情も見せながら、二本のステッキが頭をのぞかせているのに気がついた。

玄関を出入りする度に視界の端に見えていたはずなのになぜかその傘立ては影が薄く長年にわたってほとんど気にかけることもない存在だった。雨の日はそこから引き抜いたビニール傘を使っていたはずなのに、一緒に立てられている二本のステッキは全く無視され続けていたらしい。

いずれもさして高級な品ではないらしく、父親が古稀を過ぎて仕事を離れた後、隣同士で住むようになって以来、散歩に出る度に父が手にしているのを見た日用品であった。

もっと高級な、太くがっしりした木で作られた、握りの端に葡萄の房と蔓の銀の飾りのつけられたステッキがあったのだが、それは父親が亡くなった後、俺がもらうぞ、と言って兄が持って行ったような記憶がある。その太いステッキの方が今ある二本より上等な品であったに違いないが、兄も亡くなってしまった今、行方はわからない。あの黒ずんだ重いステッキを突いて、オヤジは遠くへ旅立ったのだ、などとふと考えることもあった。

というわけで、現存する二本のステッキは、銀の飾りのついた太く重い先代の前ではいささか頼りない存在だった。それ故に印象も薄く、度々目にしながらもほとんど関心を引かれることもなく日を過して来た次第であったろう。

どうしたわけか、傘立ての隅にひっそり立てられていた二本の杖が、ある午後、散歩に出ようとしてかがんだこちらの眼に、いきなり飛び込んで来た。一本は漆塗りと教えられた覚えのある黒い太めのステッキで、その下から赤い地の色が所々にのぞく作りの品であり、もう一本はいかにも平凡で、やたらに節の目立つ素朴な作りの軽い竹のステッキだった。

黒い漆の下から朱の色のちらちらのぞく杖よりも、なぜか平凡で地味な竹のステッキに手が伸びた。今、自分が突いて歩くには、こちらの杖こそがふさわしい、と何故か強くそう思った。歩行を助けるための必需品としての杖を求めているわけではなく、単なる遊び、単なる気紛れの杖を自分は求めているに過ぎないのだ、と考えたかったのかもしれない。

実際にステッキを突いて道に出ると、杖の軽さは遊びのようで、杖の確かさは竹の節の律儀さと慎重さに支えられているように思われた。つまり、自分にとって遊び半分のつもりであった竹のステッキは、なんとも使い心地の良いものであり、いわば三本目の足として道に馴染み、こちらの身体を支えてくれるものへと変っていることに気がついた。それを手にしていると、なんとはなしに気分が穏やかに静まり、歩行が確かなものへと移るような感じがした。

――そうか、自分はもうこんな杖に支えられて歩く年齢になったのだ。だからこれは今や遊びではなく、年齢の自然であるのだ、とひとり頷いた。すると散歩に出る気分に、前よりもゆとりと遊びの感覚が加わった。どうしてこんなに節が沢山(たくさん)あるのか。お前の仲間はみな同じ顔をして地面から伸びているのかと確かめてみたかった。

計ってみると、全長約九十センチのステッキの中に十八の節があった。

コロナ禍のテレビの淋しさ

落ち着かぬ気分のまま一日が暮れ、すぐにまた同じような一日を迎える繰り返しが続いている。新型コロナウイルスによる肺炎の蔓延(まんえん)が始り、政府が緊急事態の発生を告げて不要の外出を控えるよう訴え、イベントの中止や各種接客業の営業時間を制限するよう自粛を求め、学校には登校せず、勤め人には通勤せずに在宅の業務遂行をすめる、といった状態が日常化したからである。

何かが大きく変りつつあるような気がする。日の肌触りとでもいったものが以前とはどこか違っている。

政府が非常事態の発生を告げた少し後のことだが、こちらより少し歳上の知人男性から受け取ったメイルの冒頭に「いくらか戦時のようですね」という言葉があるのにぶつかり、そうか、あの感じか、と頷いていた。小学校（国民学校）三年生であった自分が、太平洋戦争に突入した当時、日々感じていたように今からは思われるある種の索漠（さくばく）感に似た気分が浮かび上って来た。

愛国少年であった自分が、戦争の遂行に疑問を抱いていたとか、反戦的な気分に浸っていた、というのではない。「皇軍」の進撃や勝利のニュースには単純に喜んでいたし、敵機の機銃掃射や爆撃は怖かった。そして年齢なりに一所懸命暮していたつもりだが、今から思うと、どこかに索漠とした気分が漂っていたような気がする。

メイルにあった「戦時のようですね」という言葉が、具体的に何を指すのかはわからないが、「自粛」という表現による禁止や、幾つかの自由の制限といったものの漂わす窮屈さの感じが、「戦時」のイメージを呼び起したのかもしれない。ただ、「戦時」のようだとの言葉に続けて、家に閉じこもっていてもPCがあることは大変な違いです、との感想が添えられていたことは書き加えておかねばならない。当方はパソコンも使えないのだから、先方の時代認識のほうがより進んでいる、といわねばならない。

「戦時」の報道は、もっぱら新聞とラジオであった。そこで戦況を知って一喜一憂し、ラジオで祖母とともに浪花節を聞き、兄と六大学野球や大相撲の中継放送に接したものだった。

現在は、新聞はともかく、テレビを始めとする報道の営みは幅をひろげ、新しい電子機器の普及は新しい世界を招きつつある。

その最新の世界には、時代感覚の遅れた者として容易に近づけないが、しかしテレビまではなんとか共に走ることが出来そうな気がする。

そして、ふと思うのだ。そのテレビがコロナウイルス禍の動向について報じてくれるのは確かだが、その他の領域については誠に淋しい状態に立ち到っているように思われる。とりわけ淋しいのがスポーツ放送の減少である。野球、サッカー、相撲、その他の陸上競技の多くが試合を行えず、従ってテレビも放送出来ぬ、といった状態が続いている。スポーツ放送が姿を消すことによって、生活の幅が狭くなってしまった。

その空白の中にぼんやり立たされているような気さえする。直接自分の身体が参加しなくても、夜の食事の後の野球のナイターや、日曜日午後のサッカーやゴルフの中継放送が姿を消したことによって、我が日常生活は大きな空白を抱えたかのようである。

しかも、当の伝染力の強いウイルスに侵される可能性が高いのは、男性・高齢者・基礎疾患の持ち主であるという。三条件の重複該当者はどうするか。

老後像が変わる予感

知らぬ間に八十代も後半に入り、九十代が近づいて来た。

知らぬ間に、というのは実はウソで、一年、一年を、身の底で数えるうちに、ふと気がつくと九十代がすぐそこに立って待っている。

父親の他界したのが九十歳であったので、その年齢が特別に高いものである、との意識はあまり強くない。

生れてからそれなりの歳月が経てば、そして幸いにして戦争の被害や病気によるダメージが決定的なものでなければ、人は九十歳くらいまではなんとか生きるものなのだろう、との感じが自然に身についたのかもしれない。

そしてそれだけの歳月をなんとか生き続ければ、人は自然に九十代に達するのだ、と考えていたらしい。

隣接した家に住む父親を自然に見習うようにして、こちらも歳を重ねる日々を送り迎えしていた。

父より五歳ほど若い母親も当時は元気であったので、穏やかな老後の暮しというのはそういうものか、と自然のうちに考えるようになっていた。つまり、八十代の終りはあんなふうにして過ぎていくものなのだろう、と感じたり、考えたりしていたのだ、と思われる。

そんな老後の枠組を、あっという間に突き崩してしまったのが、この春に入ってからの新型コロナウイルスの感染拡大である。これまでも冬が近づくと流行性感冒の予防注射は受けていたが、今回のものは従来とは少し事情が違うらしい。当のウイルスの活動を阻むワクチンがまだ作られていないらしい。つまり、ウイルスの感染を阻む手立てがまだ人間には与えられていないようなのだ。

――なんとなく、あたりの様子がおかしくなって来た。

戦う武器がないからか、予防と逃げが中心になる方向が対コロナウイルスの姿勢の中に現われた。

手洗いやウガイやマスクの使用が求められる点は、従来の流行性感冒への対策とあまり違わないかもしれない。

しかし人と話す際は二メートルの間隔をあけるようにとか複数の人間が同じ場所にいる場合、密集や密閉や密接を避けるようにとか、あまり耳にしない指示が聞えて来るようになった。

考えてみれば、これは人間が人間同士で人間らしく触れ合うことを禁ずる、いささか非人間的な指示である。遠距離・プラトニック恋愛でもなければ、人と人との恋愛関係など認められぬことになるのかもしれない。

もう一つ、オヤ、と思わせられる話が聞えて来る。――新型コロナウイルスは、なくなるものではない。だから、絶滅や一掃をはかるのではなく共存する方向を探るべきだ、との声が聞えるようになった点である。

――なにかが前とは違うような気がする。大きな新しい変動が人間に迫り、人間を襲おうとしているのではないか、との不安。

そしてこれは、戦争の予感などといった人間同士の対立の気配を越えた、人類と自然との関係におけるより深刻な対立の空気とでもいったものが近づきつつあるのではないか、との不吉な予感を与える。

かつて地球上に棲息(せいそく)していたという幾種類もの恐龍(きょうりゅう)が自然に姿を消していく際の空気に似たものが流れ出していることはないか。

まだ我々がはっきりとは意識していないのだが、何か冷たい予感が動いている。そしてそこでは、もはや従来の年寄り像などは通用しない。比較的早く死ぬ生き物の一種として扱われるのだろうか――。

いずれ手放す、その時まで

手に持っている物がやたら足下に落ちるようになった。別の言い方をすれば、手にしている物を落とすことが多くなった。

しかし、感じとしては〈落とす〉という他動詞より、〈落ちる〉という自動詞のほうがよりふさわしいように思われる現象が頻発するわけである。

たとえば、食事中に片方の箸が床に落下する。何かにひっかかったり、指が滑ったりして箸が床に落ちるのだ。

箸であれば身をかがめてそれを拾い、新しい一組と替えればいいのだが、コップや椀(わん)に液状のものがはいっている場合にはその転倒や落下に緊急の手当てが必要となる。こぼした床やテーブルの上を慌てて拭(ぬぐ)わねばならない。この場合には、落下物より、それが落ちて広がる側に被害が生ずる。

いずれにしても、これは自然現象ではなく、手や指先の不注意な動作によって発生した事故であるとして、当の本人の気のユルミや振舞いの粗暴さが責められる。なぜそんなに背の高いコップを食事で用いるのかとか、どうしてテーブルの端近くに汁の椀が置かれていたのか、などとさかのぼって原因を究明してはいけない。老いたる当事者としては、身を縮めてその場から遠ざかるのが賢明である。

そんなふうに他人には迷惑をかけない〈落下〉もある。

かつて、外国旅行に出かけた折に、淡い緑色の石のカフスボタンを買い求めた。半透明な石の緑と金色の縁金の組合わせが気に入って、時折袖口にとめて外出した。ある時、ワイシャツの袖口につけようとした指先が滑り、片方のカフスボタンが足もとに落ちた。フローリングの床に落下したカフスボタンから緑のやや厚みのある石が外れて床に転がった。慌てて拾い上げた裸の石を金具の上にのせてみたけれど不安定に滑るのみ。飯粒をつけて接着するわけにもいかぬので、いつか文具店で接着剤を買って張りつけてみようかと思ううちに日が過ぎた。

また、最近のことだが、通いつけている病院で、内臓の検査を受ける必要が生じた。ロッカーの前に導かれ、検査着に着がえるよう求められ、身につけている物はすべて外してロッカーに備えつけのケースに入れるよう、検査員に求められた。

まず腕時計を外そうとした時、指が滑ってそれが床に落ちた。金属ベルトのついたやや重い自動巻きの腕時計である。床に敷物があったので落下の音などしなかったが、慌てて拾おうとすると、時計の脇に金属の環状の物が落ちて光っているのに気づいた。

慌ててそれを拾い、時計のレンズの上から押し込むと、特別の手応えはなかったがなんとかはめることが出来た。秒針が動かないことに気づきよく調べると、それは三時の方向に水平に延びる直線のヒビであり、十二時の方角からすぐに光る秒針がゆっくり下りて来るのに気がついた。時計本体は健気（けなげ）に動いている。レンズの上の水平のヒビはともかく、なんとか前に近い姿形を保ってくれたことに感謝した。カフスボタンと同様、こちらも近く時計店に持ち込んで調べねばなるまいとは思ったが、他言しない限りは誰にも文句を言われまい、と考えた。

もう一つ、指先から落ちた大切なものがあるのだが、これは当分隠したままにしておくことにする。

それより、何があっても手から放してはならぬ大切なものがある。いつかは手放さなければならぬとしても、その時まで、守るべきものは決して手を放すつもりはない。

喉につかえることはありませんか

住んでいる町の後期高齢者医療健康診査に出かけると、身長・体重等の検査の後、モノを飲み込めますか、と訊ねられることがよくある。口の中のモノを飲み込むのがむずかしいことはありませんか、と看護師に質問されるわけである。

特にそう感じることはありません、と答えるのが常だった。

一般にその種の質問は手続き上必要なものであり、いささか形式的なものであるのだろうと考え、なるべく短く、正確に答えるようつとめて来た。

しかし時には、ふとその枠を越えて答えていることがある。

幾年か前、検査入院のためにある総合病院を訪れた。若い女性看護師が病室に現れ、質問にとりかかった。

こちらの氏名・年齢などを確かめた後、御存知のヤサイの名前を幾つでもあげて下さい、といきなり質問された。

実際には幾つかの質問の後の問いかけだったのかもしれないのだが、不意討ちにあったような印象を受けた。よし、受けて立とう、とでもいった気分が湧いた。

ハイ、と応えた後、ダイコン、ニンジン、キュウリ、トマト、カボチャ、ハス、ネギ、ゴボウ、ジャガイモ、ニラ、コマツナ、レタス、とたて続けに野菜の名をあげた。そこまで来るともう止らない。一息に後が続いて口に出る。——ナス、ヤマイモ、カブ、ピーマン、アスパラガス、カリフラワー、ホウレンソウ、トウモロコシ、サトイモ、ニンニク——と野菜の名を口から出まかせに相手に浴びせかけ、更に続けようとして息を吸いこんだ。

モウ、イイデス、と相手は怒ったような声でこちらの繰り出す野菜の行列を遮った。悪かったかナ、と少し反省した。相手の要求に応じただけではあったのだが、やや大人気なかったか、と自分を振り返った。

そういえば、とふと思い出す。八十代にかかった頃だったか、同年輩の友人がやや鬱状態に陥った際、夫人に連れられて病院通いをしているという話を聞いた。次に彼に会った時、調子はどうだい、とたずねると、いや、病院に行く度に、「イギリスの首都はどこですか」と訊ねられるのに閉口しているよ、と首を横に振りながら答えていたのを思い出した。イギリスの首都と野菜の名前と、どっちもどっちかな、と考えて苦笑が湧いたのを覚えている。

それはともかく、目下の本題は、モノを飲み込む時に喉につかえるようなことはないか、との問いかけだった。

イエ、特につかえるようなことはありません、と答える時期が続いていた。

ところがある時、水かお茶かを飲もうとして、そのほんの一部が喉にひっかかり、身体が裏返しになりそうなほど激しくムセた。大きなものを飲み込もうとしたわけでもないし、特にかさばったり、角のある物を飲み込もうとしたわけでもない。幸いにして、口の中に食物などがはいっていなかったために何かを噴出するといった事態は避けられたが、あれが幾人かとの食事の席上などであったら、どれほど悲惨なこととなったか、想像するだに恐ろしい。

そしてムセている本人は、身のまわりから一切の空気が失われてしまったかのような苦しさに襲われるのである。

一度ではなく、しばらくしてまた同じようなムセる体験に襲われそうになった。そして、ノドの刺激になるのは、少量の液体がうまく通過しなかった際ほど激しいらしいと気がついた。次の健康診査の際にどう答えようか、と今から心配して考えている。

欠かせぬ〈ヨイショ〉の掛け声

椅子などに腰をおろした後、次に立ち上ろうとする折に、ヨイショと声を上げなければうまく立てなくなった。

〈ヨイショ〉という掛け声そのものが身体を動かすわけではないが、半分には冗談めかしてそんな声でもあげなければ、とても椅子から立ち上れないアンバイなのである。

いつの夜であったか、ある会合の終った後、出席していたもう若くはないメンバーの幾人かが、タクシーを呼んでもらって、それが来るまで待つことになった。

建物の玄関に近い廊下の端に、どっしりとした長椅子が置かれていた。深々と坐ったらさぞ気持ちが安らぐだろうな、と思わせる革張りのソファーだった。十分に歳を重ねている男性の出席者達が、そのソファーに腰をおろして一休みしたい、と望むのは当然のことであったろう。

そんなふうにして、呼んだ車を待つ間、そのソファーに腰をおろして 休みしたいと望む人々が幾人かいた。

やがて、車が来ました、と係の人が現れて声をかけた。どうぞお先に、などとゆずり合った末に、中では長老格の大柄な男性が最初の車に乗ることになり、ソファーから立ち上ろうとした。

それからが大変だった。ソファーの深いクッションから尻を持ち上げるのが容易ではなかった。ムリだよ、ひとりで立ち上るのは、とソファーのまわりにいる人の間から声が上がった。手を引張らなければ立てないよと同意する声が後を追う。片手ではダメで、両手を持って一気に引張り上げる必要がある、との忠告が後に続く。

そのどよめきの中から、大柄な身体が引き上げられるようにしてソファーの前にやっと立ち上った。立ってしまえば歩くことにはさほどの困難は無さそうで、世話をしてくれた人達に礼を述べた後、その人は車の待つ玄関の外に向かって歩み去った。次の車の来るのを待つ人々の間に、一度腰をおろしたら次に立ち上るのがいかに難しいかの論議がしばらく交された。

庭で仰向けにひっくり返ったらそのまま立てなくなった話や腰をおろす折には次に立つ際に摑まるモノが近くにあることを確かめておく必要があるなどの意見がとびかった。

我が身を振り返っていえば、はじめは冗談か遊びのように口から洩れていた〈ヨイショ〉の掛け声が次第に中身を重く孕むようになり、今や立ち上る動作に不可欠の要素となりつつある。

今のところ〈ヨイショ〉の掛け声はいわばまだ伴奏めいた範囲に留まっているかのようではあるけれど、この先はそれが立ち上るために不可欠の手続きの如きものとなりそうな気配を覚える。

椅子に坐る時には、次に立ち上る際に摑まるつもりの物をあらかじめ椅子の近くまで運んでおくとよい、との忠告を家の中で聞くことがある。安楽椅子の肘掛けのすぐ脇に小さな木の椅子でもおけば、その背もたれに摑まって立つことは容易だろう、というのである。

そういうこともあるかもしれない。しかし今はまだ、立ち上る問題とじゃれあっているような気分が強い。椅子から立とうとして、半ば遊びのように〈ヨイショ〉を口ずさんでいるうちに、いつかそれなしには本当に立てなくなるのかもしれぬ。

昔の人は床に直接坐ることが多かったろうから、その低い床面から身を持ち上げるのは容易ではなかったろう、と考えたりする。立ち上るのは生命との競争でもあったか。

老いの克服を迫るCM

ケーブルテレビ放送のスポーツ番組などを見ていて、またか、と首を横に振りたい気分を覚えることがよくある。番組の内容そのものではなく、番組の間に挟まれるコマーシャルについてである。

以前より宣伝の時間が延びたわけではないのだろうが、その内容と訴え方が、よりシツコクなったように思われてならない。とりわけ、化粧品や薬品関係、食品や健康器具の宣伝などが多く目につき、耳につきまとう。その種の知見を求めているわけでもないのに、こちらの見るのがスポーツ番組に偏っているせいだろうか、と考えたりする。

たとえば毛髪関係――昔は髪が太く多かったのに、老いるにつれてそれが細く柔らかくなり、量も著しく減少した。ほとんどが白髪であり、頭を洗う時などにちらと鏡を見ると、白い苔がうっすらと岩肌にこびりついているかに目に映り、なんとも心細い限り。そのかわり、洗った後で髪を乾かす手間が全くなくなった。僅かに残った髪はドライヤーなど使うまでもなく自分でさっさと乾いてくれる。極薄の髪も悪いものではない、と感じるに至った。整髪だ、調髪だ、などと考えるより、自然のままに放置しておけばよい。

若くはない男女のモデルがシミやシワの増加に対して、オススメの化粧品や薬品を使ってみたところ、シミや皮膚の衰えが減少し、美しい肌になった、というＣＭの画面によくぶつかる。腹まわりの脂肪のたるみが消えてすっきりした体形に変ったり、シミやシワが減って滑らかな肌に生れ変ったりした映像にもよく出合う。使用の前後を比べれば変化は明らかだ、と思わせられる。宣伝なのだから多少の誇張はあるにせよ、そこに好ましい現象が生れてはいるのだろう。

腰の重さや膝の痛みなどについても、似たことがいえよう。見上げるような高さへの階段を軽々とした足取りで昇って行く若くはない女性の姿などを見せられると、手摺につかまって一段一段を数えるようにしてしか昇れなくなったこちらは、羨ましいな、と感じぬわけにはいかない。そのモデルの女性の年齢がもう八十代でこちらとさほど変らぬことを知ると、羨ましいなと感じる前にまず驚いてしまう。これはイカンと思う前に、もともとアチラとは出来が違うのだ、と悟って諦めてしまう。

そしてそのあたりから、ヒネクレタこちらはコマーシャルに対して反感を抱くようになる。——何を呑もうと、どんな運動をしようと、あの宣伝のモデル達のように軽々と足腰が動き、肌が滑らかに輝いたりすることはあり得ない、と感じるに至る。

しかし、もしそんなことを呟けば、周囲に暮す善き消費者達から、努力もせずにひがんだり、ひねくれたりしてただ年齢に甘えて不平や不満を呟いているだけではないか、と批判されてしまいそうである。

若さを保とうとか、少しでも健康に資することをしようとか考えないのは生命に対する怠慢である、ということになるらしい。

そうかもしれないな、と考える一方で、しかしこんな妄想が湧いて来るのを抑えるのも難しい。

もしテレビで流されるコマーシャル製品のすべてが訴えどおりの効果をあげるとしたら、世の中から老人らしい老人は消えてしまうのではないか――。腹は締り、髪は黒々として肌は滑らかに輝き、足腰はしっかりと動く人にしか出会えないとしたら、なんだか少し物足らなくはないか。

入院生活の小さな救い

腹の具合が少しおかしくなったらしく、出血の見られたのがキッカケだった。前にも似たようなことは起ったが、その際は一時的な病状であったらしく、自然におさまった。

今度は少し様子が違うので、長くお世話になっている親しい医師に相談した。大事をとって調べ、対処するべきだろう、との意見を聞き、こちらは二、三日の入院のつもりで、都心にある病院に向った。これまでも幾度か検査入院したことのある病院であるため、慣れているから大丈夫、と高を括(くく)っていたところもあったろう。

週末なので緊急入院の受付に来い、との指示に従って出向き、診察室で幾つかの検査を受けた後、たちまち点滴の管につながれた絶食の患者として病室へ導かれた。そこで出合ったのは、これまで経験のない事態だった。新型コロナウイルス感染症対策のため、入院棟はナースステーションから先へは患者しかはいれず、付添いや面会人はそこから帰るしかないことになっていたからである。

パジャマや下着の着換えをはじめ、入院生活に必要な品を持って来たのだが、それを点滴のスタンドに腕をつながれた不自由な身で、ベッド周辺のどこかに整理して収めねばならない。これが意外に面倒で難しく、日が経つと忽(たちま)ち混乱して、どれが洗濯する下着でどれが新しい衣類かの区別がつかなくなる。

娘が整えてくれた洗面用具のバッグには、やたらにカッコイイ小さな瓶がはいっているのだが、何をどこに塗り、何をどこにつければよいのか、見当がつかない。容器のラベルなどの字は限りなく小さく、並の老眼鏡などかけてもとても読めない。その中に一本〈ヘチマコロン〉と書かれた小瓶をみつけた時は嬉しかった。これはオバアチャンが顔につけていたのを子供の頃に見ていた覚えがあるので、安心して洗顔の後に使うことが出来た。

自分の家に居る暮しが、家族の世話によっていかに助けられていたか、とあらためて感じるが、その親切な人々はナースステーションから先へは一切はいれないのだから仕方がない。新型コロナウイルスの感染者の中には、そのままひとりで遠くへ旅立って行った人もあると聞かされたことなど思い出すと、言葉を失う。

そのうち、ふと気のついたことがある。看護師やその他患者の世話をしに廻って来てくれる人々はもちろん初対面だが、ベッド脇に現われるそういった人々と他愛(たわい)もない話を交した後は、なんとなく気分が前より活発になり、普通に暮す人に近づいたような感じが生れている。

考えてみれば、こんなに毎日、未知の若い女性達と言葉を交す機会など滅多にない。どこから病院へ通っているかとか、電車に坐るために何時に家を出るかとか、採血の練習は看護師同士でどんなふうにやるのかとか、両親はお元気か、などという対話に、誰もイヤな顔もせずに応じてくれる。短い時間でも、それだけで外部と触れ合えたという感じが生れ自分がベッドの人ではなく、道を歩いたり、電車に乗ったりする町の人でもあるのだ、と感じられるようになる。小さなことではあるけれど、このささやかな会話が患者である自分の気持ちを地面の上に立たせ、普通の人の顔を持って来てくれたような気がする。

入院している間に、少しでも仕事が出来るか、と原稿用紙と万年筆を持ち込んだが、結局は何も出来なかった。

頭に残ったのは、ナースステーションの前から病室の間をまっすぐに伸びる長い廊下だけだった。

老人と病人の囁き合う声

ほぼ二週間に及ぶ病院での日々が過ぎ、自宅に戻ってから既に二か月以上の日を送った。

幸いに身体はほぼ入院前の状態に戻りつつあるようだし、入院生活は過去の時間として自分の内に収められようとしているのを感じる。

その中で、ふと気づいたことがある。退院後の日々の暮しが、入院前と少し違っているのではないか、との感覚が生れている。退院直後に比べると、日が経つにつれて身体の動きが次第に緩慢になりどこか投げ遣りになる傾向が生れつつあるのではないか、と感じることが時折ある。

　病院の毎日から解放されて自分の家に帰って来た直後は足もとに車のついた点滴のスタンドなど押さずに、どこでも自由に歩き廻れることが嬉しくありがたかった。散歩する距離も退院直後の二、三日の間は、入院前よりむしろ長くなっているのに気がついたりした。そしてその長さにとりわけ疲れを覚えたりすることもなかった。

　ところが日が経つにつれ、日課の散歩に出ること自体が面倒になったり、気がすすまなくなったりし始めた。

　自分の突くステッキを自分の足で蹴ってよろけてみたり、うまく上らぬ足が路面の僅かな凹凸に躓(つまず)いて転びそうになったりもする。

　冷静に考えてみると、これは病後の新しい事態というより、入院前の事態の単なる継続、繰り返し、つまりそこに戻っただけのことかもしれぬ、と気がついた。

　それなら、この小さなトラブルは日常への復帰の現れに過ぎぬのかもしれず、警戒したり反省したりする対象ではないとも考えられよう。

　つまるところ、退院の直後は一種の興奮状態にあったので、小さなことの一つ一つに対して敏感に反応していたのに対し、日が経つにつれ、自分の家での暮しの感覚が自然に戻って来ただけの話に過ぎぬ、と考えるようになった。

このまま恢復(かいふく)して無事に日が過ぎていけば、それは自分の老年期に発生した一つの病いの体験として記憶に残るだけの話であり、とりわけ珍しくもない出来事として時とともに忘れ去られてしまうのかもしれない。

しかし個人的な体験としてではなく、一般論として〈オイ〉と〈ヤマイ〉はどのような関係にあるのか。

たとえば、現在の新型コロナ対策の中で、年齢が六十五歳以上の人、身体に基礎疾患のある人は、特別の注意を払わねばならぬ、と呼びかけられている。平たくいえば、これは老人と病人に対する注意の喚起であるだろう。

この両者を一まとめにして扱う手つきはいささか乱暴な気もするが、とにかく年寄りと病人は気をつけよ、という趣旨は伝わって来る。

そこで思うのだ——老人と病人とは本来どこが共通しており、どこが違うのか、と。

いずれも弱者であると考えられ、様々な形で手をさしのべねばならぬと思われているのだろうか。

〈基礎疾患〉の定義を詳しく知らぬのでおおよその見当でいうのだが、老人と病人は本来しっかり別の人々なのであり世間では弱者であるのかもしれないが、そして両者が重なり合う場合も多いのかもしれないが、それぞれの人間としての声を聞きたいものだ、と思うことがある。深夜、この両者の囁（ささや）き合う声が洩れて来る。

――どこへ行っていたんだい？　心配したぞ。

――ごめん、病気のスーパーマーケットまでな。でも、もう行かないよ。

Ⅲ　危ない近道の誘惑

起立ゴッコを監視する眼

腰かけている椅子から立ち上がろうとする時、その椅子の尻をおろしている面が低いと、立つのに苦労する。

なんとか途中まで尻が上がったとしても、その先続けて一気に脚が伸びきって立つまでにはいたらず、またストンと尻がもと坐っていた面に戻ってしまうことがよく起こる。

なにかに摑まりさえすれば立てることはわかっているので、椅子からの起立がなにもつかまらずに成功するか否かが、一種の遊びのように感じられることがある。オットットなどと掛け声を発しながら、自分がうまく立てるかどうかを楽しんでいるような時期があった。

それが暫く続くうち、これは起立ゴッコなどと呼ばれそうな遊びなどではなく、起立困難という状態につながる運動能力の衰えの予兆のようなものかもしれぬ、という不安が身の奥を掠めるようになった。

やや低い椅子やソファーから一息に立ち上がれるかどうかは、日常動作というより、はじめは多分に遊びや賭けの要素を孕む、いわば実験の如きものとして暮しの中に現れたようだった。

しかし、多少の困難があったとしても、近くに置かれた家具などにつかまって体勢を整えさえすれば立ち上がれることは明らかなのだから、この試みはほとんど遊びに近いものとして日常の中に顔をのぞかせた、ともいえる。

だから、少々よろけたりすることがあっても、オットットなどと小さな声を洩らすことによって事態を収拾するのは、日常のごくささやかな出来事に過ぎぬ、と本人は考えていた。

それでもしかし、ごくささやかな呟きの如きものであったとしても、椅子から立ち上がろうとして、オットットなどとおかしな声を洩らす家族がいたとしたら、家の中の他のメンバーから見れば、なにやら危(あやう)い動き、不安へとつながりかねない動きとしてその姿が目に映ったとしても無理はないかもしれない。

そしてようやくにして椅子から立ち上がった老人が、照れ隠しのつもりでわざとらしく腰を折り、両手を尻の両側にひらひらさせたりしながら、オットットなどと前と同じ呟きを繰り返して部屋の中をうろつき回ったりしたとしたら、それは老人のいる微笑(ほほえ)ましい光景としては目に映らぬだけでなく、むしろ愚かな老人の非難されるべき姿として受け止められてしまうのが当然であるだろう。

家の中での老化監視人としての役割を担っているメンバーから、直ちに非難・摘発を受け、坐っていた椅子から一度でうまく立ち上がることが出来るか否かの試みは、遊びとしてではなく、ごく普通の日常的動作が自然に遂行可能であるか否かを試すチェックの対象とされてしまうらしいのだ。

腰を落したままで、半分羽根をむしり取られたような姿のニワトリがもし家の中をうろついていたとしたら、それを目にしなければならぬ身近な人達は、確かにその本人を非難したくなるだろう。

たとえば、シャッキリと腰を伸ばして歩けといわれても、椅子からすっくりと立ち上って屋内をスッ、スッと動いてほしいといわれても、それが出来ないからこそ、オットットット、などと独りかけ声を洩らすのであり、そうすることによって自然に身の動きを整えようと努めていることが、監視人の眼には映らぬのかもしれない。そちらには、老化に対する監視任務があるのだから——。しかしこちらには、スリルを楽しもうとする密かな願いも宿っている。

浴室からの救援信号

冗談のようにして、その事態は発生した。

夜更け近くの風呂場の中である。寒さに震えつつ熱い湯に辿(たど)り着き、首まで浴槽につかりながら、この温度差には気をつけねばならぬのだぞと自戒し、ゆっくりと洗い場に出て身体をタオルで拭こうとした。

その時、どこで何が起ったかがはっきりしない。

浴槽から出たのは間違いないのだが、その後に続けて起ったのは、どういう事態であったのか——。

浴室の中は、浴槽と洗い場との間に高低の差があり、よろけることも間々あるので、身体の移動に際しては以前から十分に気をつけていたつもりだ。高低差の他に、横への移動もあるのだから、必ず手摺や柱や扉のノブなどにつかまって動くように気をつけている。

それがどうしたことか、ふと身の自由が失われていることに気がついた。よろけたつもりもないのに、尻が洗い場の床についたまま、立ち上れなくなっている。この程度の不安定な姿勢なら日頃いつでも経験していることなのだから、と自分にいいきかせて、立ち上ろうとした。

それがどうしたことか、洗い場の床に尻をつけたまま、身体が持ち上らなくなってしまった。

どこかを打ったとか、何かを摑みそこねた、というわけでもない。洗い場の水に濡れた床に尻をつけたままどうしても身体を持ち上げられないわけである。どうしたことか、適当な近さと高さの場所に手を出して摑めそうなものがない。

これは冗談ごとや遊びではなく、裸のまま洗い場の床から立ち上れなくなった事故であるらしい、とようやくマジメに考えざるを得なくなっている自分に向い合った。つまり、どこかに置かれた低い椅子や庭の隅などで、ひょいと腰をおろしたらそのまま立ち上れなくなったというのと同じ事態が浴室で発生したわけである。ただ、家の中でも、庭の隅などでも、身近に適当なつかまるものがなければ立ち上れなくなるのは同じでも決定的に違うのは、今のこちらが全裸である点だろう。

かつて学生時代にお世話になった先生の何かを祝う会があり、卒業生達が集まった。挨拶に立った先生は、初老を迎える年齢となったかつての教え子達を前にして、少し前に風呂場で転んで怪我（けが）を負い、今日の会にも出られないかもしれなかった、と挨拶した。

風呂場の怪我は、こちらが薄い布一枚さえ身につけていない裸であるために、傷の程度が衣服によって全く守られず、深刻な事態に見舞われることが多いので十分に注意するようにと先生は説かれた。教室での難しい講義より、そのわかりやすい話の方が出席者一同にはより深い感銘を与えたようだった。

しばらく裸で蹲（うずくま）ったあげく、遂に自立を諦めて救援を求めることにした。壁面に大理石などを用いた浴室であったなら、壁を叩いても音は響かずに救援の信号は伝わらなかったかもしれないが、幸いにして我が浴室は新建材らしき板材で壁が張られていたために掌(てのひら)でそこを叩く音は十分に響き、何が起ったか、と慌てて様子を見に来た家族の一員によって発見され、手を強く引いてもらって立上り、なんとか窮地を脱することが出来た。

風呂場では歳をとれば誰にでもこういうことは起るから皆十分に気をつけなければならない、とパジャマを着てから家族に訓戒を垂れたが、こちらの失敗を非難することはあっても、とりわけ感銘を受けた様子は見せなかった。

大切な手紙の処分

ひと口に整理するとか処分するとかいうけれど、これは身体を動かす手足の作業であると同時に、頭脳を働かせて判断を下す必要のある面倒な仕事でもある。不要となった古い道具類や穴のあいた衣服などであればそれを処分するか否かの判断を下すのは、さほど難しい仕事ではないかもしれない。

しかし、そこに記されている内容を仕事に利用した古い新聞や雑誌などの資料の場合には、要不要の判断が意外に難しい。使用済として処分しようと考えたものが、別の仕事のために急に資料として必要なものへと変身したりすることがなくはないからだ。

そのことに気づくのが遅く、つい処分してしまったりした場合の落胆は、はかりしれない。

その上、不要と判断したものの処分方法も考えねばならぬ。かつては、処分すべき対象である使用済の古い新聞や印刷物などは、まとめて庭先や空地の隅などに持ち出して焼却すればよかった。木の棒などを片手に持って、不要になったと思われる古い雑誌や新聞、その他の印刷物などを焼却する作業には、それなりの仕事の達成感がまだ残っていたりするのが感じられ、必ずしも悪い気分のものではなかった。

しかし、住宅地での焚火(たきび)めいた行為が危険だとして消防関係のお役所から禁止され、以降不要となった新聞雑誌その他の印刷物などは古紙として扱われ、トラックに載せられて運ばれ、リサイクルされるようになった。自分で燃やすという個人的な別れが、古紙再生という公的な扱いに変ってしまったわけである。

数年前、先輩の文筆家と話していた折に、八十代も終りにさしかかっていた相手が、自分もそろそろ身辺整理にとりかからねばならぬと思っている、と呟くのを聞いた。

妻を悲しませるような手紙などは処分しておかねばなるまいからな、と彼はひとり頷いた。

先輩の手許にどのような手紙が残されているのか知らないが、彼の呟きはもっともな配慮を示すものとしてそれを聞く後輩の胸の底に落ちた。

それほど深刻であったり、スリリングだったりはしないけれど、肉筆の手紙や葉書には常に視覚に訴える表情があり、それを認めた折の書き手の気分までもが伝わって来るようなものも少くない。あの人はこんな字を書いていたのか、とその便りを送ってきた人の筆跡を味わいなおしてみることもあれば、どうしたら大きさのきまっている葉書にこのような伸びやかな大きな字を書くことが出来るのかとあらためて感銘を受けたりするようなこともある。

そしてそのうち、ふと気づく。手許に残されているのは私信であり、そのほとんどは万年筆などによる手書きの書簡であり、それを認めた折の筆者の指先の動きや温もりまでが伝わってくる感じのする、この世で唯一の文書であるのだ、と——。

たとえどれほど資料的価値の高い貴重なものであったとしても、機械で打たれた文字の並ぶ資料とは違い、こちらは他と比べようもない、この世で唯一の肉体のある文書なのだ、とあらためて感じぬわけにはいかない。

としたら、それは文書である前に一つのモノなのであり、資料などとはまた別の世界に生きる存在であるに違いない。だから先輩は、自分より先に、その保存してあった大切な手紙を処分してしまわねばなるまい。それが誰に対しても誠実な行いとなるのではなかろうか。

若さを失って得られる〈老いの果実〉

この世に、〈健康な老い〉というものはあるのだろうかと時々考える。

平均寿命ではなく、健康寿命を延ばさねばならぬ、などという意見を聞いたりするとなるほどと頷き、たまには体操でもしてみるか、と腕をぐるぐる廻してみたりする。

他人の目には、それが壊れかけた風車のように見えたとしても――。

椅子から苦労して立ち上りよたよたと歩き出すと、腰の落ちたその動きがいかにも老人くさく弱々しいから、しゃんと背筋を伸ばして歩け、と家の中で注意される。オレは八十代の老人なのだから、この姿勢は自然なのだ、と抗弁しても、我が家の老化監視人は耳を貸そうとしない。

テレビのコマーシャル画面で、こちらよりやや歳下だがもう高齢に近いタレントさんなどが、背を立て、腰を伸ばし、すっと階段を昇るのを見かけたりすると、キレイな動きだな、とスナオに感心することは間々ある。そして時には、そんな画面に登場する出演者の年齢が画面に示され、自分とさほど違わないことに驚くケースも少くない。

同時にしかし、チラと考える。——あの人の動きは、実は老い損ったことを示しているのではあるまいか——と。

それがヒガミであったり、マケオシミであったりするのは充分に承知の上の話だが、やはりそう考えてみずにはいられぬ誘惑を覚える。テレビのコマーシャル画面における階段を昇る人の軽快な身の動きの美しさ、好ましさは否定しようもないけれど、しかし一方、それが実現しているのは、老いの果実が身の内に稔(みの)ろうとする動きを拒み、遠ざけようとした結果ではないのか、と考えてみたい誘惑を覚えずにはいられない。

若さを犠牲とすることによってのみ身の内に宿ることが可能となる老いの〈知〉と

でもいったものが、そこでは稔らずに排除されてしまうのではないか——。つまり階段を昇る足腰の動きの滑らかさ、爽やかさは、〈老い〉を拒んだ結果なのであり、その時〈老い〉の中で稔ったり熟したりする可能性を宿していた未来の果実は捨て去られているのではあるまいか——。

もしそうだとしたら、足腰の力が衰えて一息に階段など昇ることの出来なくなった人間は、失われた〈若さ〉に未練を残さず、むしろ正面から〈老い〉と対決し、その中に何がひそんでいるかをゆっくり探ってみる必要があるのではなかろうか——。

マケオシミついでにいえばその場合に一つだけはっきりしているのは、〈老い〉の中に〈若さ〉は拒まれていることだろう。

としたら、〈若さ〉が拒まれるかわりに、〈老い〉によって与えられるものは何か。そこに姿を見せるのは、身心の衰えや病である。更にはその後ろに死の影さえちらつくかもしれない。そのことは否定できないが、しかし一方、〈若さ〉や体力を失ったかわりに、〈老い〉の細道を辿ったからこそ見えてくるものがありそうな気がする。

背筋を伸ばして階段を昇ることは難しくても、足もとの地面にしゃがみこんであたりを観察する機会が生まれるかもしれぬ。

その結果、足を高くあげて段を昇る人の目には映らなかったものが鮮やかに見えてくるかもしれない。〈若さ〉の速度や視覚が見落しているものの姿が、まざまざと目に映るということがあっても、不思議はないだろう。

そのようにして貯えられた〈知〉が〈老い〉を豊かなものに変えていく可能性は十分にある。

語らう少女達の乱れぬ足並み

子供はいつも走っている。まだ小学校にも通っていないような幼児である。オムツも取れないうちから、立てるようになると、歩くより先にまず走り出すのではあるまいか。転ばぬように気をつけつつ身体を前方に移動するには、歩くより走る方が自然であるのかもしれない、と思わせるほどである。俯いて思慮深げに歩く子供の姿など見かけることは稀だろう。子供は考える前に、まず走り出してしまうのかもしれない。歩くのはもう少し大きくなってからである。

歩くといえば、道で出合って感心したケースがある。中学の終りか高校の低学年くらいの似た背丈の女子生徒が三人、熱心に語り合いながら、電車の駅の方へと住宅地の道を歩く姿に出合った。近くにある私立校の生徒であるらしい。揃(そろ)いのシャツと比較的短いスカートを身につけた三人のソックスをはいた足並みが、目を離せなくなるほど見事に揃っている。話に夢中になっている三人は足の動きなど全く意識していない様子なのに、横から見ると見事に揃った六本の足がただ一人の足のように目に映る。笑ったり叫んだりする動きはまちまちであるにもかかわらず、足の動きは全く調子を崩さず、整然と揃って進んでいく。

かつて中学時代だったか、体育の先生が、友人達と歩く折に歩調を揃える練習をしてみろ、と言われた記憶がある。やってみると意外に難しく、そんな軍隊式の歩き方などしたくない、と反撥(はんぱつ)したのを覚えている。

三人の少女達の足並みが見事に揃っているのは、それが意識した動作ではなく、なによりも自然の営みであるからか、とあらためて考えてみずにはいられなかった。

また、こんな歩みに出合うこともある。夫婦かと思われる一組の男女が、腰を曲げ、杖を突いたりして二人で黙って歩いて来るのに出合う。男性の歩行動作は動きが固く大きく、女性のそれは小刻みな動きのくり返しのように目に映る。歩くことの難しさや辛(つら)さばかりが目立ち、和やかな空気が漂うような気配は全く感じられない。こちらまでもつい肘や肩が強(こわ)ばってくる。

年寄りの散歩といえば、よく出合う人がいる。こちらより歳上ではないか、と思われる老婦人で、足元には必ず胴長で耳のたれた短足の老犬をともなっている。

ある時、こちらを見上げるその犬と目が合った。白い毛並みの中に黒い色が大きく広がった老犬は、なにか言いたげにこちらを見上げたまま動かなくなった。

どうかしたの、行くよ、と小さな声をかけながら飼主は犬の綱を引こうとする。それでも犬は動かない。本当はこちらに何か用があるのかもしれない、と考えてみたかった。ほら、行くよ、と老婦人はくり返し犬に呼びかけた。

こちらとは言葉を交す気配を示そうとしない飼主に迷惑をかけてはならぬ、と考えて、犬に別れを告げようとした。

——ここに出合った三つの命のうち、一番強く長いのはどれか知っているかい？

黙ってこちらを見上げる犬が、そんなことを確かめているような気がした。

——それはまあ、君の飼主だろう。

深くは考えもせずに答えが口に湧いた。品の良い老婦人はまだしばらく元気だろう、と考えたからだ。

犬はゆっくり首を横に振った。命が一番長いのはオレでその次が飼主の女性、あんたが一番短いみたいだよ——。頭の奥を美しく揃った足並みの三人の女子生徒の影が通り過ぎた。いつまでも歩き続けて欲しかった。

機械はしない終業の挨拶

新型コロナウイルス対策としてワクチン注射が始ってしばらくの間、注射を受けるための予約をする難しさがしきりにテレビのニュースなどで報じられた。困っているのは年寄りで、電話が話中で容易にかからないし、スマホの類は使えないので、もうお手上げだ、という嘆きの声をたびたび聞かされた。

固定電話からファックスまでは生活の中にはいっているが、ケイタイ電話がついていくことの出来る限度であり、スマホなるものには全く縁がないまま暮している高齢者は、途方に暮れるしかない。

スマホを有効に使う暮しは便利なものではあるだろうが、それの使えぬ人間は次第に暮しの幅が狭くなる。つまり、不便なことが多くなる。

とはいいながら、コインを入れてボタンを押せば求める飲料のカンやビンが出て来る電車の駅や商店の自動販売機などは日頃使っているのだから、あまり文句ばかりは言えないのかもしれない。

いや、それ以上のこともある。幾年か前、速達を出すために郵便局へ出かける折に、ICキャッシュカードを持たされて、幾らかの現金を引き出してくる仕事を頼まれた。そのくらいの作業は出来来ぬと困るので、とにかく一度はトライしてみろ、との狙いもあったようだった。

ところが、機械は苦手なのだからこの仕事は無理だろう、との家族の予想を裏切り、こちらは機械のスクリーンに表示される日本語を読み取り、教えられていた暗証番号を打ち込んで、求める現金を引き出すことに成功した。

よく出来た、と家族の間ではホメラレタが、爾後（じご）、ICカードを使って郵便局で現金を出し入れする仕事は、専ら当方の担当となった。いわゆる郵便業務を扱う窓口とは少し離れた壁際にずらりと並んでいる五台の機械のいずれとも気安く付き合えるようになっていた。カードを使っての現金の引き出しや送金などは、目をつぶっていても出来るといった自信がついていた。

ところがある時、急に相手のキゲンが悪くなった。なにかの会費を送金する作業だったのだが、払込みの用紙を幾度入れなおしても、機械は不機嫌にそれを吐き出してしまう。

夕刻に近かったので、郵便局が終業になりそうな恐れを覚えた。突き返された払込み用紙を持って、保険や貯金関係の職員の居る窓口へと移動した。

そこに立っていた案内係らしき女子職員にワケを話し、こちらの窓口でもこの伝票による送金は可能か、と確かめた。

伝票をのぞき込んだ相手は機械はどうしたのか、と首を傾(かし)げながら、この伝票なら機械でなくても扱えますよ、とカウンターの中をのぞいた。

伝票に現金をそえて窓口に差し出すと、女子職員はたちまちのうちに手続きをしてくれた。機械と人間とどちらが早いのだろう、と考えながら窓口を離れた。ほとんど同時にチャイムが鳴り、こちらの業務終了を告げ、客に来訪の礼を述べてまたの来店を誘う放送が流れた。

窓口の中を見て驚いた。その職場のカウンターの中で、十人前後の職員が自分の机の脇に立ち、カウンター越しに客に対して頭を下げる光景にぶつかった。予想もしない出来事だった。カウンターの外にいる客は二、三人に過ぎなかっただけに、終業の挨拶は確実に相手に届いた。

あれは人間だからだ、と思った。機械はあんな動作はしなかった、と気づいた。人間てちょっといいな、と思った。

給料袋があった頃

「時代遅れ」という言葉がある。「落ちこぼれ」という表現もある。どちらもあまり好ましいとはいえぬ状態を指す語であるらしい。

時代の変化が異様な速度で進む時、そのテンポについてはいけぬ人々が出現したとしても不思議はない。遅れたり、こぼれたりする人々は、唖然（あぜん）としたり呆然（ぼうぜん）としたりして、立ち尽くす。そして自分が、紛れもなく、「時代遅れ」の存在であり、今や「落ちこぼれ」の状態となっていることを認める運びとなる。

九十年近くも生きてくればそれも自然の成り行きであるだろう、と頷くしかない。

居直るわけではないけれど、我が身の「遅れ」や「こぼれ」を受け入れると、その代価のようにして過去から浮かんで来る光景がある。たとえば半世紀以上も前、一九五〇年代の半ばに大学を卒業してある会社に就職した折のことである。

配属された地方工場の事務棟の廊下を歩いていて、扉が開いている会議室に数名の女性事務員が集まっているのを見かけた。中に顔なじみがいるので、何をしているのだろう、と部屋にはいってたずねると、会議机の上に茶色でやや横巾(よこはば)の広い封筒や指先を湿らせる海綿などが並べられ、幾人かが自分の場所を決めたかのような表情で机の前に立っている。

今日はお給料日よ、だからみんなに渡す袋の用意をしているのよ、と年配の一人が教えてくれた。そして、もう仕事にかかるから出て行ってくれ、と追い出された。

それが給料袋の生み出される現場であるのか、と驚いた。毎月二十五日の夕刻になると係の女子職員から渡される月給袋は、こんなところでこんなふうにして生み出されるのか、と知って妙に新鮮な気分を味わった。現金は袋にでもはいっているのか目につかなかったが給料袋の生み出される現場を見た、という新鮮な気分はしばらく身の底に残って消えなかった。

今ではサラリーは袋に入れて勤め先から現金で支払われるのではなく、銀行の個人の口座に振り込まれる仕組みになっているらしい。駅や街なかの現金自動支払機の前にいつになく人が並んで列を作っているのを見て、どうしてだろう、と同行していた勤め人にたずね、今日は月末の給料日だろうと教えられてそういうことか、と納得した。給料は勤め先から直接手渡されるのではなく、なにやら遠回りして来るのだな、と感じたものだった。

もう少し視野を拡げて見廻せば、たとえば買物などの場合でも、常に現金を相手に手渡すという形ではなく、カードを出して機械にかざすとそれだけで支払いがすんでしまう、というケースが少なくないことに気づく。

カードが曲者（くせもの）だと思うことは少なくない。なんとなく、それを機械にかざせば支払いが済んでしまう、といった経験を重ねるうちに、暮しの中から急速に現金の影が薄れて消えていってしまう、との感じが時代遅れで落ちこぼれの人間の中にも次第に生まれ育って来る。

つまり、現金をやり取りする売買の現場は減少し、デジタルの数字が飛び交う透明空間の如きものに変りつつあるらしい。なにやら暮しが抽象化し、物から離れて行く気配を感じる。

そんなことを考えているうちに、ふと大昔のことが頭に浮かんだ。生活の必需品がまだ物々交換によって手から手へと渡されていた頃、新しく出現した貨幣なるものを人々はさしたる抵抗なく受け入れることが出来たのだろうか、との疑問である。そんなことを考えるのは、やはり時代遅れの落ちこぼれか。

老いる風呂釜に連帯感

俺も歳をとったものだ、と感じつつ日を送っている。

自分は今、若い力に溢（あふ）れているとか、中年は過ぎたがまだまだ力は余っている、などというようにその時現在の自身の状態を意識することなどなかったのに、ある時期から自分の現状がしきりに気にかかるようになっていることを発見した。

これも出来ない、あれをなんとかするのも難しい、などと感じながら、すべての原因は自分の年齢のせいだ、としきりに考えるようになった。つまり、老いの現状が常に頭を占めている。

うちの中でやろうとした小さな作業が身体をうまく動かせぬために出来なかったりした時は、仕方がないのでトリになる。両腕を大きく拡げ、口の中で鈍く羽音をたてながら屋内を飛び廻ってみたりする。

そんな行動は、たちまち我が家の老化監視人の目にとまり、何をしているのか、と咎(とが)められる。今は歳寄り鳥になって家の中を飛び廻っているのだと説明する。

バカな鳥になどならないでしっかり散歩でもして来なさい、と忠告される。

それがまた、腰が痛んだり膝がきしんだりしてうまく歩けないのだ、と抗弁するが、以前に比して散歩の時間はどんどん短くなり、範囲も著しく縮んできたことには自分でも気づいているので困る。曖昧な呟きを洩らしつつ、とりあえずは古い風呂敷のような翼をたたんで、巣となっているテレビと向きあった安楽椅子に戻るしかない。

そんな毎日の中で、ある時突然フロがこわれた。水が出ないとか、湯が沸かないというのではないが、全体をコントロールする筈のパネルから幾つかの表示が消え、エラーの印だけが表示されたままになった。

古くなった家を建てかえてしばらく経った頃、やはり風呂釜の具合が悪くなり、その時にガスのみを使用するものから発電機を備えた電気とガスの双方を使う形式のものに入れ替えたのだが、そのどこかがおかしくなったらしい。

電気とガスがどう絡んでいるのかユーザーのこちらにはよくわからないが、とにかく電気関係の異常らしいから、との判断でそちらの作業員が来てくれることになった。

電話のやり取りで作業内容の見当はついていたらしく、やがて来てくれた作業員は屋外の装置に手を加え、部品の交換などをしてくれたようだった。かつては新式のこの風呂釜も、今は古くなったから手入れが必要なのだ、と作業員に言われて驚いた。ガスと電気を併用するその釜は新しい方式の品として、建て替えた家に入れてもらった筈ではなかったか——。

そうか、知らぬ間に時が過ぎ、お前もそんなに歳を重ねていたのか、と言ってやりたかった。つい先日家に来たばかりと思っていたのに、今は保障期間が切れそうになるほど老いたのかと。

老いているのは自分だけではないのだ、という実感が湧いた。家屋にせよ、家具や様々の道具類にせよ、みな同じように歳を重ねて老い続けているのだ、と気がついた。

それだというのに、自分だけが歳をとって老いてしまったように感じるのはいささか独断的であり、僭越(せんえつ)でもあったのではないか、との反省が頭をかすめた。

正面から風呂釜や電気釜や乗用車や杖などに謝ってまわるというほど殊勝な気持ではないのだが、みんなが同じように老いへの道を歩んでいるのだ、との発見は、それなりの共犯者めいた連帯を感じるものだった。

ゴミ収集とプロ野球が教える曜日

今日は何日か、とか、何曜日か、とひとから訊ねられた時、すぐには返事の出来ぬことが多い。日付や曜日を目処(めど)にした暮しを送っていないので、その種の質問に回答するのが難しい。

アレが何日であったからとか、アソコに行ったのが何曜日だったから、といった記憶のかけらを手がかりにして問われた日を特定しようとつとめるが、その記憶自体がまた頼り無いものであるために、今日が何日であり、何曜日であるかを決めるのが難しい。一年近く前までは、週に一日は出かける仕事があったのでそれを中心に一週間の輪郭が摑めたが、その外出もなくなったためもあり、今日が何曜日であるかを決めるのが難しくなったのだろう。

ある時、昔のスケジュールのノートを偶然開く機会があって、驚いたことがある。外出先や会合の目的、人と会う約束などが、黒々とした文字で盛り上るように記されていたからである。それに比べれば、今の日程ノートは記載がほとんどなく、まことに風通しの良いガランとしたものに変っている。そしてぽつん、ぽつんと記されている外出先は、すべて病院である。そのほとんどは定期的な検査だが、あちこちに調べておかねばならぬ部位があるので病院に出かける回数が増し、やがてはそれが外出の主目的となってしまっていることを発見した。病人ではないけれど老人なのだから、と気を取り直し、せめて今日が何曜日であるかの見当くらいはつけられねばなるまい、と気を入れかえる。月の何日に当るかは三十日くらいの中から選ばねばならぬので難しいが、一週間のうちの何曜日かは七つの曜日のうちの一つを選べばいいのだから、まだなんとかなるだろう。曜日の顔は日付の顔より大きく、より近くに見え隠れしているような気がする。

そこで、もう一つ手がかりとして思いつくのがゴミの収集日である。家々を廻る市のゴミ収集車は、曜日によって収集するゴミの種類が定められている。たとえば古新聞や古雑誌など紙類は月曜日とか、台所から出る生ゴミの収集は週に二回、火・金の曜日であるとか、ペットボトルとかビンや缶類はまた別の曜日に隔週、などと定められている。だから、どのようなゴミをいつ収集してもらったかを思い出せば、その曜日をもとにして、昨日が何のゴミだったから何曜日であり、明日は何曜日に当る、と見当がつけられる。

自分が我が家のゴミ担当者ではないのだが、台所から生ゴミの重い袋を門扉の際まで運ぶ作業を手伝ったり、見かけたりしていれば、曜日の見当はつけられる。古雑誌など紙類の処分はこちらの領域なので、整頓の基準は定まっており、間違えたりすることはまずあり得ない。

もう一つの手がかりは、中継の放映があれば必ず観るプロ野球の試合である。こちらは、セ・リーグ、パ・リーグともに三試合がひとつながりのものとして、火・水・木と金・土・日の二つのシリーズが同じ相手と三試合ずつ続くことになっている。したがって、どの組合せの何番目の試合にどちらのチームが勝ったかなどを思い出せば、それが三試合のうちのいつであったかを手がかりにして勝敗の記憶をもとにしてその試合がいつ行われたかを特定するのは難しくない。つまり、対戦の記憶がある日が何曜日であったかを教えてくれる。

だから、ゴミの収集とプロ野球の試合とが、曜日の特定に力を貸してくれる。ただゴミの収集は一年中続くが、プロ野球は冬場は休むのが困るのだが——。

危ない近道の誘惑

身体のバランスが著しく悪くなった。

なんでもなく踏み出した一歩にヨロケ、ツマヅキ、コロビソウになる。

それらの現象は、不意討ちというより、ある程度の予感をともなって発生する場合が間々ある。だから、不注意とか、セッカチとか、アワテモノなどという批判や忠告は必ずしもあてはまらない。これらすべてのアクシデントは、想定内の出来事でもある。

たとえば、その一つ――。我が家の狭い庭の一部に、小さな谷間がある。ベランダの靴を脱ぐ台のようなコンクリートの広がりと、隣の玄関の入り口に敷かれた石との間に、幅半メートル程の谷間がある。深さは二十センチばかりのものだから、落ちるとか落ちぬとかいうほどの谷間ではない。家屋の壁にそって少し大股にまたげば、無意識のうちに越えてしまえそうな浅い谷間である。

そんな場所が狭い庭の隅にある。すぐ隣には山法師（やまぼうし）の小さな木があり、足もとにホトトギスや山吹の茂みがある。

ベランダから玄関へは、ささやかな植込みを回る通路があるのだが、その道は遠廻りとなり、谷間を一息にまたぐ近道は比べようもなく便利である。だからどうしても、小さな谷間をひとまたぎして玄関に到達したい。

ところが、ほんの小さなツマヅキや足の開き不足が失敗を引き起し、事故を誘い出しそうになる。あまりにタヤスイ一歩と考える失敗か。

こちらがまだ未熟高齢者であった頃、一度その谷間越えに失敗し、浅い谷間に落ちかけたことがある。背の低い弱々しい植物の群棲（ぐんせい）が、よろけて転びかけた身体を支えてくれ、地面への衝突から守ってくれた。狭い土地で肩を触れ合うようにして暮している人間と草木は、こんなふうにして友情を育てるのだ、と言いたいような経験だった。しかしすぐそばに敷石のある道があるのだから、ここでの事故は危険である。それ故に、このチカミチは危うい道であるとの認識は身の内にある。だからこそ、この危険なチカミチは魅力的なのであり、その小さな谷間をまたぎたくなる。またげばすぐ玄関なのだからその近道の誘いは捨て難い。谷間の底にブロック石でも一つ置けばそれを踏んで渡りキケンは解消するだろうに、なんとなく面倒で谷間は口を開けたままである。

我が家の老化監視人に知られればそこはトンデモナクキケンな道であり、通常の成人男子でも当の谷間を渡るのは避けるべきなのに、八十代も終ろうとしている高齢者が、そんな場所をまたぐのは暴挙である、と叱られるに違いない。その警告に全く異論はない。しかし、だからこそ、その危いチカミチは魅力があるのだと呟いてみたくなる。

年寄りが日常茶飯に出会うヨロケとか、ツマヅキ、コロビなどの危険のうちに、それを承知の上でそれとかかわりを持とうとする傾向があるのではないか、と感じることが時折ある。

ほとんど意識することなくある行為を行ってしまい、そのことが何の異変も起さずに終ってしまってから、あれはもしかしたらトンデモナク危険な行動であったのかもしれない、と気づくことは案外多いのではあるまいか、という気がする。ナンデモナイ日常的な行為が実はトンデモナク深刻な危険の入り口であったかもしれないことに気づく。ある意味では、高齢者にとってすべての危険は想定内の出来事である、といわねばならぬか。

中腰は恐ろしい

中腰でする仕事、しゃがんでする作業が著しく困難になった。

尻をべったり地面につけてしまえばそれなりに安定しているが、そこから立上ろうとすると難しい状態に陥る現象とこれはある部分で通じている。つまり、体重の移動というか重心の位置の変化というか、その動きの途中で著しく体力を消耗し、どうにもならなくなってしまう。立っても坐ってもいられないといえばよいか。自分の腰が誰かに預けられでもしたかのように動かなくなってしまう。腰は熱くなり、息は弾み、身体は硬直して、ただ熱い疲労の中に坐り込んでしまおうとする。見方によっては、転倒するより始末の悪い状態である。

——たとえばそれは、こんなふうにして発生する。我が家の狭い庭での出来事である。

家屋のすぐ外の地面に、庭で水を使うための屋外の水道栓がある。そこに撒水（さんすい）用のホースの根元を繋（つな）ぎ、庭に水を撒（ま）いたり、花に水をかけたりするのに使っている。ある時、そのホースの根元と水道栓との接続部分に当るプラスチックの部品が古くなって割れ、元栓から水が洩れ出すようになった。今迄（まで）はホース先端の栓だけで水の放出・停止を操っていたのに、今は撒水のたびに地面にしゃがみ込んで元栓を開閉しつつ外の水を使わねばならなくなった。

それは大変なので、ハンドルで捲（ま）き取れるようになっている従来と同じホースセットを買い求め、その根元を地面から首を出している水道の元栓の口に繋ごうとした。そんな簡単な作業なら俺でも出来るよと気軽に引き受けて地面の水道栓に向かってしゃがみこみホースのもとにつけられたプラスチック製の受け口を水道栓に繋ごうとした。ところが何故か、地面に埋められた水道の元栓を囲む金属製の枠と、ホース根元のプラスチックの受け口部品が当ってしまい隙間が狭すぎてうまく繋げない。二度、三度と試みてもうまく繋げぬうちに、額に汗が湧いて腰が熱くなり、息が弾んで眼がくらみそうになった。庭のささやかな作業はたちまち深刻な肉体的、精神的危機をもたらした。これがもう、俺の生命力の限界か、と思われる恐怖に襲われた。

たしか幾年か前にも一度同じような事態が起り、新しいホースを買い求めてこれと同じ作業を試みたことがあり、その時は元栓とホースの端とはパチンと音を立てて繋った、という記憶がよみがえって来ただけに、今回のモタツキが苛立たしい。焦って空しい努力を繰り返すうちに、地面に蹲ったその姿勢はますます耐え難くなり、息まで弾んで苦しさが増す。行き止りになるこの先が見えるような気がした。身体を動かすすべての能力がそこで使い果たされて行き止りとなり、地面に仰向けに倒れ、虫の如く手と足を空に掻くような我が身が見えた。ここで俺の力は使い果たされ、もう俺はオシマイになるのだ、と告げられているような気分に陥る。更に続ければ眼の前は白く霞み、汗はますます噴き出し、動けなくなったまま眼を閉じてしまうのではないか、との恐怖に襲われる。生命の行き止りが閉じた眼に見える。自分の生命の容量はこの程度のものでしかなかったか、という恐怖の如きものが身に迫るのを覚える。遂(つい)にホースの水道元栓への接続を諦め、家の壁に手をついてようやく立ち上ることに成功する。立ってみれば、まだ命は続いている。でも中腰は恐ろしい。

九十の大台を思う年の瀬

齢八十代の最後の年が過ぎて行こうとしている。

長く生きてしまったな、と自分の歳をあらためて眺めなおす気分を時折味わうことがある。

また、本当にそれほど長い歳月を自分は生きて来たのだろうか、と疑うこともある。

いずれも実感であり、また信じ難い気分でもある。

年齢に限っていえば八十九と九十を比べれば、なんとなく八十九という数字のほうが好ましいような気がする。八十九という数は、八と九と十という丈の高い数字によって織り出されているのに対し、九十の側には九という丈の高い数字が一つ含まれてはいるけれど、それはすぐ後にゼロが続くために、全否定の雰囲気を醸し出されるためかもしれない。八十九という数字には、これまで過して来た長い歳月の余韻がこもっているのに対し、九十というゼロを含んだ数字には、この先はもうゼロしかないと宣告されたようなアッケラカンとした乾いた印象が宿るからでもあろう。

実際に九十代に踏み込んでみれば、そこには百という三桁の数字を睨んだ年齢のドラマが潜んでいるのかもしれないが、今はまだ八十代であるこちらには、そこまで想像が届かない。

先日、ある歳上の女性と電話で話していた際に、ちょっと息を詰めるようにして、まあ、先日私は九十の大台にのってしまったのですよ、と驚きとも嘆きともつかぬ溜息まじりの言葉を聞いて、応対に戸惑った。それはお元気な証拠なのですから、転んだりせぬようにくれぐれも気をつけてお過し下さい、と申し上げる他になかった。なるほど、九十の大台とはそういうものか、とあらためて感じた。

日々の生活の中で、人は絶えず自分の年齢を意識して暮しているわけではない。むしろ年齢が透き通って見えなくなっているような気分で時を過しているのではなかろうか。

だから、殊更に自己の年齢を突きつけられる気分を味あわされる病院での検査などは苦手である。検査結果を伝えられる折に示される検査プリントの冒頭に、必ず本人の氏名、生年月日と年齢、性別が示されている。この場合の年齢は××歳×ヶ月と月の数まで記入されている。ワカッタヨ、モウイイヨ、と言いたい気分に襲われる。こちらは生き物として調べられるわけであり、その年齢は調査対象の属性の一つとして重要な資料であるということは承知しているつもりなのに、また八十九歳三ヶ月カヨ、八十九歳十ヶ月カヨ、とつい憎まれ口をたたきたくなる。

ところが、その年齢という動く数字は、ある時停止すると、二度と動かなくなってしまう。生年は享年へと変身し、不動の数字に固まってしまう。そんなふうにして増加し続ける年齢の数字を動かぬ享年へと持ち替えてしまった友人・知人が今年も幾人か現れた。その多くは八十代の人々だった。それらの訃報に接して驚くと同時に、自分が九十代の大台にのってしまった、と驚く女性がいてもおかしくないのかもしれない、と考えたりする。

いつまでも若くありたいと願い、健康寿命の維持・展開を心がける老人がいる一方で自分はもう充分に生きたのだから、このまま自然に日を過し、他人に迷惑をかけぬよう充分に注意しながら静かな生を送りたい、と願う人もいるだろう。

必要以上に若く元気でいたいとは思わない。かといって慌てて店仕舞いする気もない。

Ⅳ　日記帳は隙間だらけでよし

自転車衝突の無言劇

交通の仕来り（しきた）り、ならわし、マナーといったものが、以前とは随分変って来ている。歩行者についていえば、最大の変化は〈対面通行〉と呼ばれる、道路の右側歩行への移行であったろう。道を歩く際には左側を進む、というのが原則であり、子供の頃からそう教えられて来たのに、それが車とより近く対面してすれ違う〈対面通行〉へと変った。

もう一つの大きな変化は、自転車が歩道を走るのを許されるようになったことである。子供の頃、歩道を自転車で走ってオマワリサンに叱られた記憶がある。そこは通行人が安心して歩ける場所なのだから、自転車の乗り入れは許されない。引いて歩けと、巡査に叱られた。

いつの間に変ったのか、今は歩道での自転車通行は叱られなくなった。そうなると恐ろしいのは歩道の歩行者である。とりわけ背後から接近し、歩行者を追い抜いて行く自転車である。以前はそんな時、ハンドルについたベルを鳴らして歩行者に警告を発したものだったが、いつの間にかベルはほとんど鳴らされなくなった。だから若い人の自転車は、それが空気の塊で、一瞬こちらをこすり上げるようにして走り去る、としかいいようがなくなる。それで歩行者の身体のどこにも触れずによく走り抜けられたものだ、と思わず感嘆の叫びが身からこぼれ落ちそうになるのをこらえたことが幾度もある。テキながらアッパレ、と思わず声でもかけてやりたい気分が身の底をかすめるが、他方では、なんと無謀な奴と非難の叫びを放ちそうにもなる。

幸いにして、当方の場合は相手のハンドル捌き（さば）が格段に巧みであったため難を免れてきたのかもしれないが、先輩や友人知人の中には、これは歩道走行とは限らぬが、とにかく歩行者として自転車と衝突し、負傷した怪我がなおるまでに長い日数のかかった人が幾人かいる。しかも困ったことにというか、信じ難いことにというか、加害者はそのまま現場から走り去ってしまったために、何が原因で何が起ったかも確かめられぬままである、といったケースは必ずしも珍しくはないらしい。

そういえば、先日、こんな光景にぶつかった。どんより曇った日の午後、散歩の帰りにあまり広くはないバス通りを歩いていた。電車の駅前を通るような広い道路ではなく、半分住宅地にかかったような地域を通る道路である。やや高くなっているらしい左側の住宅地からのゆるい坂を下って来た女子高生らしい長身の少女の乗る自転車と、バス通りを下から登って来た中年女性の自転車とがその道の角でぶつかった。両車ともさほどスピードを出してはいなかったが、横に倒れた自転車とともに二人の女性も道に倒れた。すぐにどちらも立ち上ったのでさしたる怪我はないらしかったが、自転車のぶつかる音だけは派手で大きかったので、まばらな通行人は立ち止って衝突現場を振り向いた。こんな時、当事者どうしはどんな言葉を交し、どんな反応を示すのだろう、とこちらは息を止めた。——意外なことが起った。倒れた自転車を引き起した当事者二人は、一言も言葉を放つことなく、振り返りもせずに自分の走って行こうとしていた方向に走り去ったのである。その瞬間的無言劇が信じ難かった。道路を渡った女子高生風の少女は、道の角に自転車をとめ、バス通りを振り向いたが、その姿もすぐ消えた。年上の女性の自転車の影はもうどこにも見えなかった——。

散歩をせかす直立の影

一日一度は必ず散歩に出るというのが、五十代にかかった頃の医者との約束だった。それが出来ぬなら、今から薬を飲まなければ、必ず糖尿病になる、と医師に告げられた。

雨の日も、風の日も、とまでは言わぬとしても、多少の雨なら傘をさし、かなりの風にもコートの襟を立て、日に一度は外を歩くように心がけて来た。その習慣は、もう四十年近く続いている。

ただ、歩く距離までは決められていなかったので、散歩の範囲は年齢の進むにつれて、次第に縮み始めた。近くのポストまで出ても、それを一日一回の散歩と数え、駅前のスーパー・マーケットまでの買物も、課題の散歩と見なすようになる。

反省して、三、四日に一度くらいは、少くとも二十分以上歩くように決めた。住んでいるのが、東京西郊であるため、土地はゆるく起伏し、あちこちに坂があり、その傾斜をステッキを杖のように突いてたどるのは、多少息が切れたとしても、辛いとまではいえない。

そんなふうにして、少し長く歩く中距離コースとして選んだのが、住宅地のある斜面の下腹あたりを縫うように伸びる狭い遊歩道である。かつて行政機関が指定した道なのか、コンクリートの杭(くい)のような低い標識の「第X号遊歩道」と書かれた黒い字が消えかけている。

そこを曲って踏み込む小道の左手はやや広い人家の生垣、そして右側の低い土地は何か工事の材料置場として使われているらしい土地が金網の仕切りの下に広がっている。人がやっとすれ違えるほどの幅しかない土の小道には表情がある。左手の高い側はかつての農地かと思われる枯草におおわれた斜面であり、その端に赤い鳥居の立つ小さな社がある。そのあたりから斜面の縁の所々に古い樹木が並び、その太い根の一部が小道に露出して危険な凹凸を作っている。

道がゆるく右に曲るといきなり展望が開け、十階建くらいのマンションが幾棟か出現して小道は突然表情を変える。ここは人が住んで暮している土地なのだぞ、と宣言するかのように——。傾斜のすぐ下はマンションの駐車場らしく、乗用車の屋根が二列に整然と並んでいる。

足元の古い遊歩道も小石まじりの細い道へと姿を変え、一部はマンションの並ぶ低い土地に張り出し、半島のようにふくらんでいる。その端に足を入れ、ここも遊歩道の一部なのか、とあたりを見廻した。ささやかな広がりの縁に小さな木のベンチが二つ置かれているのに気がついた。遊歩道からはみ出したように見える奇妙な場所は小さな遊園地であるらしい。

古びたベンチに腰をおろして突然気がついた。足元一面に地面を覆うようにどんぐりが落ちている。この小さな遊園地の西側に、カシかクヌギかナラか、中背の木が三本並んで立っている。

そして驚いたのは、足元一面に落ちているどんぐり達がいずれも直立してこちらを睨んでいることだ。どんぐり達の足元から伸びる鋭い影は何かを問いただすかのように影の先をこちらに向けて突きつけて来る。何かを問いただしている。

——いつまでそこに坐っているつもりか、と。

どんぐり達が一斉に地面に直立し、人に自分の影の先端を突きつける、ということなどあるだろうか？

錯覚だった。沈む夕陽が低いため、転がっているどんぐり達の影がどれも長く鋭く伸びて見えたのだった。

仕事机の前で無為の時間

仕事部屋の大きな仕事机の前に腰をおろし、ぼんやり辺りを見廻している。部屋は二階なので視界は窓の外に開け、狭い庭から伸び上った名を知らぬ樹木の葉が弱い風に揺れているのが見える。電車の線路やバス通りからは離れているため、ほぼ一日、余計な音はしない。自動車の走る音と朝・夕に小鳥の声が聞えるくらいである。

つまり、本を読んだり、ものを書いたりするには、かなり恵まれた場であると言わねばなるまい。

それなのに、大きな仕事机の前に坐り、ぼんやり周辺を見廻したまま、何も手につかない。——そういう日が幾日か続いた。

身体の具合が特に悪いわけではない。眠りが浅いので常に寝不足の気味はあるが、薬を飲もう、と考えるほどではない。杖をついての散歩は出来るし、郵便局や本屋へ出かけるほどのことはさほど苦にならない。にもかかわらず、仕事部屋の仕事机の前に坐っても、仕事らしきことが何も出来ないのである。

いつからこうなったか、何が原因でかかる無為の状態に落ち込んだのか、と仕事机の前に坐って考える。

ひとつ、気のついたことがある。かつては、何か仕事をするために、この机の前に坐っていた。つまり、坐る時に常にそこで果すべき仕事があり、それを遂行するために机に向っていたのだ——と。机は単なる四角い木製の台ではなく仕事を遂行するための切実な家具であったのだ——と。

だから、そこで果すべき仕事を持たぬ人間は、そこに坐ってはいけないのかもしれない。「仕事机」の反対語は「安楽椅子」であろうか、などとふと考えたりする。

やることが無いわけではない。仕事のために使って今や不要となった資料とか、この先もう開くこともなかろうと推測される古い書物の整理とか、分類や判断を必要とし、処分や保存の場についてあらためて考えるとか、これからの実作業についての計画をたてるだけでも、机の前に坐ったまま遂行せねばならぬかなり時間のかかる仕事がある。

椅子を離れ、天井まで立てて並べた本に触れようとしても、それを読むための作業ではなく、整理のための動きであるらしいと察知した相手は互いに身を密着させ合って、本棚から容易に離れようとしない。まあ、その気持ちはわかるよな、などと呟きながら机の前の椅子に戻ると、その後は身体が動かなくなる。つまり、何をするともなく、ぼんやり辺りを見廻したまま、仕事机の椅子に身をまかせる時間が流れ過ぎていく。

定期的に出かける先が検査のための病院しかなくなり、急いで書かねばならぬといった原稿もほとんどないために時間のタガがゆるんでしまったのか、と我が身を省みるしかない。

〈無為〉という言葉がふと頭の後ろの方に浮かぶ。と、それに呼び出されたかのように、〈老い〉という言葉が頭の裏に浮かんで来る。〈ムイ〉は〈オイ〉に通ずるのか、その現れに過ぎぬのかと考えると、急に興醒めする。そのまま放置すれば、必ずや〈オイ〉を生み出すに違いないからだ。

仕事が出来ないのなら、ただ机の前にぼんやり坐っていても仕方がない、と考え部屋を出る。階下に降りると、リビングルームにテレビがついている。CNNのブレイキングニュースが、ロシアのウクライナ侵攻について報じている。どうしてこんなことが起るのか。子供の頃入った庭の防空壕を思い出す。

追い越したい歳下の背中

一日に一度は最短でも二十分は歩く、と決めている短い散歩に出た。効果はともかくそれが唯一の健康法なのだから、休むわけにはいかない。歩く距離は一キロもないだろうが——。

夕暮れにはまだ少し早い、寒くも暑くもない静かな道を、商店街とは反対の方向、小学校があったり、苗木を育てる土地があったりする西の方角に向けて、愛用の竹のステッキをついて歩き始めた。足腰に痛むところや凝った部位もなく、心地よく足を運べそうな軽い気分が生れていた。

ふと気がつくと、道ばたに並ぶ電柱の間隔の半分ほど先を、一人の老女が同じ方向に歩いている。黒いカーディガンに黒いズボンをはき、肌も黒ずんでいる感じの、やや顔の大きな中背の女性である。年齢の見当をつけるのは難しいが、こちらより若いことだけは確かかと思われる。やや大きめな顔を浮かすようにして左右に軽く振りながら歩いている。どこといって特徴のない老女である。

よし、とイタズラゴコロが芽生えた。彼女がこの道から姿を消すまでに、必ず追い越してやろう——と。

自分が歳を取ってきたなと感じるようになったある時期に道を歩いていると、後ろから来た歩行者に度々追い抜かれるようになった。その発見が痛烈であったので、そのことを短い文章に綴った記憶がある。調べてみると、当の発見をしたのはこちらが七十五歳の夏のことだった。

それから十年以上も経ち、道を歩く際に後ろから来た歩行者に追い抜かれるのは自然のことなのだ、と考えるようになっていた。

そして今、年齢の差までは定かではないけれど、こちらよりは明らかに若い老女と同じ道を歩む機会にぶつかった。そんな際には、年長者が年少者を歩いて追い越すことがあってもいいのではないか。老人同士の世界の話であればそこでは敬老精神などはムダな心遣いであり、時には邪魔なものとなりかねない。

よし、それではより若いあの老女を歩いて追い越してやろうと思い立った。九十歳に近い老人が、時には自分より若い老女を歩いて追い越す、ということがあってもいいのではないか。道を歩く際に、それは意外な出来事として自分へのプレゼントになるのではないか——。

あの老女なら。後から行く年長のこちらが黙って脇を追い越して進むことはあってもいいのではなかろうか。いつものように道で後から来た人に追い抜かれるのではなく、久々に路上で前を歩く人を追い抜いた、と感じる喜びを味わえるのではあるまいか。

ひそかに考えながら、前を行く老女との距離を縮めようと歩く速度を少しあげた。すると、なぜか相手との距離が前より少し開いたように感じられた。こちらが歩く速度をあげると、なぜか老女の黒い姿はそれ以上の早さで遠ざかろうとする。もしかすると、相手はこちらの魂胆を見抜いて足の運びを前より速めたのであろうか。

少し慌ててこちらがステッキを振り回すようにして足取りを速めても、相手はそれ以上に歩みを速めて先に進もうとする。

このまま行くと相手を見失いかねない、と不安を覚えた時、二本程度先に立つ電柱の向こうに一瞬隠れたと思う間に相手の姿は路上から消えていた。

これまでと何も変わらなかった。追い抜かれこそしなかったが、それは老女が前を歩いていたからだった。

支払いくらい手渡しで

ある日、短い散歩の帰り道、日用品の買物が幾つかあったことを思い出した。さして荷物にもならぬ買物なので、電車の駅に近いやや大型のコンビニに立ち寄ることにした。ラジオ用の小さな電池や、食品をラップする透明なフィルムなど、幾つかの品物をカゴに入れてレジに向った。

一番から十番まで横一列に並ぶ勘定台の中ほどあたりに買物を入れたカゴをさげて並んだ。三、四人の買物客の扱いがすんで自分の番となった。

買物の計算はすぐ終り、金額を伝える中年の女子店員が早口に何かを告げた。それが買物の金額であるらしいことはわかったが、その後に言われたことがよくわからない。何度か聞き直して、どうやら勘定台の横に廻れ、と指示されているらしいことを理解した。半歩ほど横に進むと、そこに小型の機械の正面が待ち受け、買物した金額と思われる数字がその機械の窓に打ち出されている。

だから、と質すと、女の店員はダカラといった表情で機械に身をかぶせ、紙幣はこへ、コインはこちらへ、と機械についた金銭の投入口を指示する。言われるままに千円札を細長く横に開いた口に差し入れ、コインはこちらへと教えられた別の小さな投入口に貨幣を落し込む。

ホラ、デキタデショ！　と言いたげな、幼い子供を前にした母親の表情を浮かべて女子店員はこちらを振り向いてにっこり笑った。——悪い感じではなかったが、なにやらこちらがコキツカワレタような違和感が残った。教えられた作業は出来たけれどその支払いに関る仕事は、本来は店員が遂行すべき業務ではなかったか、それを途中から客にやらせているのではないか。買物の代金支払いの作業をここまで客にやってもらうならその分の店員の手間は省け、店としては人件費の部分的節約となり、経営の合理化につながるのだろうか。

ささやかな日用品の買物はすみ、軽い荷をさげて帰宅したのだが、なんとなく割り切れぬ気分が残った。客が自分で機械を操作するのではなく、店員に対して金を払ったり、オツリをもらったりする方がいいな、と未練がましくその女の店員に告げると、左端の二つの支払い台は前のままですよ、と教えてくれた。その次の買物から端の二つの勘定台のいずれかの列に並ぶようになった。こころなしか、その列には若くない男の客が多く並ぶような感じがする。

買物を機械でさせられること自体が必ずしもイヤなのではない。駅のプラットフォームで喉が渇けば、昔のような水道の蛇口が上を向いた水呑場（みずのみば）がないので自動販売機を探しジュースやコーヒーの缶詰めを買って飲む。

乗物でいえば、電車に乗る際の手続きが変った。ＩＣカードの出現によって、乗車券とか、運賃とかいったものへの関心がすっかり薄れた。

少し前のことだが、連れと一緒に電車に乗る機会があった。切符売場の高い壁に貼られた乗車運賃を表示する地図を見上げ、高いものだな、と彼が呟くのを聞いてはっとした。運賃をＩＣカードで支払い、改札口をカードで通過するようになって以降、自分が電車の運賃の金額にほとんど無関心になっていることに気がついた。カードは入金さえしておけば、どこまで乗ると幾らかかるかは関心の外に置かれている。

総じて自販機の利用は増し、物は次第に人から遠くなりつつあるように思われる。喫茶店や飲食店も店の入口付近に置かれている食券販売機でチケットを求め、それを店員に手渡して注文するケースが多い。

――ラーメンくらい現金を払って食いたいものだ。

愛用の靴下に異変

まだ寒い頃の話である。

ある日、近くの大型スーパーに買物に出かけた家の者が、頼んだわけでもないのに、木綿の靴下を一塊り買って来てくれた。家の中の普段ばきによいから、とすすめるやや厚手の白い靴下である。爪先と踵(かかと)がそこだけ灰色に染って、ツートーンの自然の色合いとでもいった表情を浮かべている。素朴で、平凡で、履き心地も悪くない靴下である。それが三足くらいずつまとめてビニール袋に入れて売られる特売品があったらしい。つまり、普段履きの靴下の一群が家の中に突如出現したわけである。

その靴下の最大の特長は、布地の分厚さでも、履き心地の柔らかさでもなく、親指のみが端に一本独立し残りの四本の指はひとまとめにして括られているその形状にある。つまり足袋（たび）の形であり、地下足袋が軟化したような姿を備えている。

履き心地は悪くない。日常生活では足袋というものを履く習慣がないので、初めは違和感を覚えるが、それにはすぐ馴れてしまう。つまり、靴下から履き替えずに下駄や草履を使うこととの出来る便利さに気がついた。

しかし、それとは逆のケースにもぶつかった。

四十歳前後でまだ会社勤めをしていた頃、勤めの帰りにある家を訪問せねばならぬ用件が発生した。その日、なんとはなしに足袋の形をした五本指の靴下を履いて出勤したことなど、全く頭になかった。

訪れた家の玄関にスリッパはなかった。仕方がないので、スーツ姿のまま白い足袋スタイルの靴下を履いて客間にはいらざるをえなかった。自分で見ても、チグハグな足の外観はオカシカッタ。下着姿のまま街頭に立たされたようなキマリの悪さに襲われた。これという実害はなかったが、漠然としたキマリの悪さだけは後まで残った。

このケースとは逆に、正式の和服姿に身を固めた時、もし靴下を履いていたらどうなるかを想像すると、それは滑稽(こっけい)さより、むしろ悲惨さの方が際立ってしまいそうな気がするのは何故か――。役にも立たぬことを考えるうち、いつか歳を重ねて老いていく。

そのうち、愛用していた指の割れた靴下に異変が生じた。なぜかいずれも右足だが、指のつけ根のあたりに大きな穴があいてしまったり、右足だけが洗濯機から帰還せず、行方不明になったりした。

一足ずつを個別に考えず、一群の靴下の中の右側のもの左側のもの、とドンブリ勘定にして使えばよい、と考えるのだが、なぜか事故にでも遭遇したかのように、その片割れを探し出したり、なんとか手当てはならぬか、と考えてみたりする。その間にも、またこちらは歳をとっていく。

ふと気がついた。指分れのした靴下は、左右対称なのだから、そっくり裏返しすれば、右足の指は左足の指と同じ位置関係のまま反転している結果となる。つまり、裏表さえ考えなければ、一足の靴下には必ず二つの顔があるわけである。

この発見は、所有する靴下の数を、一気に二倍にしたかのような豊かな気分を運んで来てくれた。

〈トポロジー〉という言葉が突然頭に浮かんだ。〈位相幾何学〉という学問があるらしいことも思い出した。

物理学の先生であった叔父に、トポロジーとは何であるか、と訊ねた記憶がある。それは、上衣(うわぎ)の下に着たチョッキを、上衣を脱ぐことなく脱げるか否か研究する学問だ、と教えられたのを思い出す。

高校生の頃だった。

摑んでいたつもりなのに

　こうして今、「日をめくる音」の原稿を書いている。どんより曇った、空の重い日の昼近くである。ワープロとかパソコンとかいった道具は使わないので、原稿はすべて原稿用紙に万年筆を用いた手書きである。この習慣は中学生時代に仲間と同人誌を作っていた頃から変っていない。今使っているモンブランの黒の太い万年筆は二本目か三本目にあたる。四百字詰めの原稿用紙を仕事机の中央に拡げ、万年筆から外したキャップを胴体の尻にさして、いざ書き始めようとする。万年筆の尻にキャップをはめていないと重さのバランスが取れず、字を書きにくい。――ここまでは、昔とさほど変っていない。

ところが最近、書き出してしばらくたつと、万年筆の尻にさしてあったキャップが胴を離れてやたら足許に落下するようになった。フローリングの床に固い音をたてて落下し姿を消す。小さな敷物の上に落ちると、黙って姿を消す。実は机の下は広間ではなく、書類や資料の置き場でもあるので、その間に落ちた万年筆のキャップを探し出すのは容易ではない。

そんなにキャップが度々落ちるのなら、外したそれは万年筆の尻になどささずに机の上にでも置けばよいのだが胴体の尻にキャップをさした時の重さのバランスがしっかりと右手に伝わるので、キャップを尻につけずに字を書くのはなんとなく不安で難しい。そんなわけで、万年筆のキャップというものは、外された後は必ず自分の胴体の尻にはまっていなければならない。

持つ手にも重い黒い万年筆などでなく、校正用の使い捨ての赤いペンなどの場合でも事情は変らない。違うのは、床に落下した際の音の差くらいであろうか。軽いものは落ちてもほとんど音もたてぬので、床のどのあたりを探せばよいか見当がつきかねる。

手にしている物の落下についていえば、朝食後に飲む錠剤の落下の方が更に激しい。こちらは食事を終えたテーブルから立ち上る前に、四、五種類の薬の錠剤を飲むのが日課となっているが、固い台紙のようなケースの中に並ぶ錠剤をプラスチックのカバーを破って押し出して飲むのだが、必ずといっていいほどフローリングの床に落下して乾いた音をたてて弾み、遠くへ転がって行く。錠剤は小さくて円盤状なので、落ちた後、床の上を自在に転がり、椅子の脚の陰や少し離れたソファーの下などに潜んで姿を隠す。紙屑籠の下まで走り込んで姿を消したりもする。そして、とにかく自分のまわりで物がよく落ちることに気づき、あらためて首をひねってみたくなったりする。

考えてみれば、十年くらい前にも、やたらに身辺のものが落下するのに気づいて、妙な気分を味わった記憶がある。持っているつもりのものがふと指先を離れて近くの地面に落ちていたり、手に摑んでいたつもりのものが、なぜか近くの地面に落ちているのに驚いたりする。

こんなふうにして、もし俺が自身では気づかぬうちに自分の一部をどこかに置き忘れたり、手から離してしまっているとしたらイヤだな、と少しばかり本気になって心配し始めたりした。

摑んでいたつもりのものが、気がつけば足許に落ちているのに気づいたりするのはイヤだなと思いもする。

もしもその落下物が、半分は自分のものでありながら、残りの半分は他人のものであったりしたら、その時自分はどうすればいいか、などと考えるのは辛い。

むせる苦しさ、波のよう

ある時、パーティーの立話のような折であったが、少し年上の先輩から、こんなことを教えられた。

お茶や水を飲む時は、必ず飲むものに正対してかからねばならぬ、というのである。年寄りがむせてしまうと、ただ息が出来ない苦しさに突き落されるだけではなく、誤嚥性肺炎と呼ばれるような事態に突き落され、危険なことが起りかねないので、十分に気をつけてかからねばならぬ、と先輩は厳かに告げた。ともに七十代にかかった頃だったろうか——。

むせた時の苦しさは、ただ息が出来なくなる、というだけではなく、それが肺炎にまで通じる危険があるのだとしたら、パーティーの立話として聞き流すわけにはいかない。

お茶の席に連なり、差し出された器を恭しくいただいて飲む時のように、飲むものに向き合ってから、静かにそれを喉に流し込まねばならぬ、と教えられた。そうすれば飲む物にむせるような事態はまず起らないだろうから——と教えられた。その口調の半分は笑いをまとっていたが残りの半分には、これは決して笑いごとではない、という熱意のこもっているのが感じられた。

そういえば、口の中にあった物が喉に詰ってしまって息が出来なかったり、苦しかったりした経験は二度ほどある。いずれも小学校一、二年生の頃であった、と覚えている。

——一度目は、正月に食べていた雑煮の餅が細い咽喉につかえてしまったのだった。すぐ横に坐っていた母親に驚くほど強い力でいきなり背を叩かれ、驚いた拍子に喉から餅がとび出して救われたのを覚えている。

もう一度は独りで自分の家の二階で遊んでいた折に、なにげなく口に入れたアメ玉が喉に詰って空気の流れを止められ、息を吸うことも吐くことも出来ぬ苦しさに思わず跳ねたりとんだりして、親指の頭より大きなアメ玉をなんとか吐き出すことが出来た。

子供の頃の二度の記憶は鮮明なのだが、高齢者と呼ばれるようになってからのノドヅマリにも強烈な記憶がある。パーティーの立話で先輩の教えに触れた後であっただけに、二度も三度も危機は避けて来た筈なのに、やはり事故は発生するものなのだろう。八十代にかかってからの事故にはまた格別の恐怖と味わいがある。

――なにげなく手にした湯呑みから呷（あお）った残りのお茶の幾滴かが、気管のほうに廻ったのか、とにかく息の出来ぬ異常な事態に突き落された。なにやら、欠落の異様な波とでもいったものに、ほとんど呑み込まれそうになった。そんな部屋は家の中にありはしないのに、十畳、十二畳の和室の畳のすべてが立ったり裏返しになったりして押し寄せ、音のない無呼吸の波の如きものとなってこちらを押し転がそうとする。懸命にそれをこらえ、なんとか息を吸い込もうとするのだが、喉からただ悲鳴の如きか細い音が細く細くもれるだけで、空気そのものはほとんど動こうとしないらしい。

子供の頃にノドに詰ったモチやアメ玉のことを思い起し、直前に飲もうとした冷めたお茶のことを考え、どちらがより苦しかったろう、と比べてみようとするが、幼い日の災難の方が、より単純で、災いの規模は小さかったような気がする。

災難は遠ざかったか。なんとかその場は抜け出せたようだが、息は収まらない。九十年生きた人間の呼吸は、まだ、なんとか続いているけれど――。

竹のステッキが悪いのか

杖がいけないのかもしれない、と気がついた。日課である短い散歩の途中のことである。

その杖とは特別のモノではない。父親が晩年に使っていた、四センチほどの間隔で二十ばかりの節がある、頭の湾曲した竹のステッキである。

九十歳になった父が杖もいらない遠くへと去った後、玄関の傘立てに入れられ、忘れられたまま日を過していたステッキである。

今は大学生となった孫達が子供の頃、遊びに来ると家の前の道でバッティング練習に使っていたビニール製の黄色いバットや大小の雨傘と一緒に、長年見捨てられたまま玄関の隅に住みついていた竹のステッキが、ある時ふと目にとまった。

散歩への出がけであり、自分も既に十分に老いたのだから、たまにはこんなステッキを手にして歩くのも悪くないかもしれない、という思いつきがふと頭に浮かんだ。自然に手が伸びて、傘立ての縁にもたれかかっていたステッキを摑んでいた。節が二十あまりもある竹のステッキは意外に軽く、手に馴染みそうだった。

その日から、家の周辺を歩くのに、竹のステッキは欠かすことの出来ぬものとなった。そのことに今迄気づかなかったのは、自分はまだ若いと考えていたからだろうか。杖と共に歩くのは、もう人生の大半の時を生きてしまった人達なのだ、と考えていたのだったか――。

それからしばらくは、古い竹のステッキは、散歩には欠かせぬものとなった。

そのステッキを持って歩くことへの疑問がふと生れたのは、当のステッキが散歩には欠かせぬものとなってから、一年近くも経った頃であったろうか。

まず、日課である散歩に出かけること自体が、次第に面倒になって来た。家を出たとしても、歩く範囲は気づかぬうちに自然に縮んでいた。その変化の象徴でもあるかのように、竹のステッキは前より遠いものに感じられた。こいつがいけないのではないか——竹のステッキは散歩の友としてではなく、あまり気の進まぬ日課としての散歩の象徴の如きものへと変化しつつあったのかもしれぬことに気がついた。——あの杖を地面について歩き始めるその瞬間から、自分は老人になるのではなかろうか。

杖をついて一歩道に出た瞬間、自分の身体はたちまち水分を失い、容器の縁にこびりついたまま乾いた駅弁の飯粒の如き物に変化してしまうのではなかろうか——。

胴長で大きな耳がたれた、足の短い老犬を連れた老女に散歩の帰りによく出合う。その老いた犬と目が合うと、相手はこちらを見上げ、溜息をつくようにして路上に足をとめるのだった。

同じようなことをしながら同じように時を過しているのだから、犬の飼主である老女と一言挨拶くらい交してもいいと思われるのに、そんな気配は全く感じさせずに彼女は飼犬を曳(ひ)いて遠ざかって行く。その姿を眺めていると、また別の思いも湧いて来る。その姿は頼り無く寂しいものと見えながら、案外芯には乾いた強い力が通い合っているのかもしれない、との想像が生れた。

それに比べてこちらはどうか、と急に我が身を振り返る気分に襲われた。

二十も節のある古いステッキと、胴の長い老犬と、その飼主と思われる小柄な老いた女性と、それを眺めている自分自身と、この四つの中でもっとも完全に自立して老いているのはどれか——。

それは一本の古い竹の杖ではなかろうか——。

錠剤を押し出す朝

一日の仕事は、午前九時頃、朝食後の薬を飲むことから始まる。

必ずしも朝飲まねばならぬこともないが、忘れてしまわぬように、常用する薬は原則として朝食後に一日分をまとめて摂取することにしようと医師との間にキマリを定めた。老人の飲む薬としては、血液関係をはじめとして五、六種類に及ぶが、これは高齢者の常用する薬としては決して多いほうではないだろう。点眼薬を別にして五種類ほどの薬を飲むのだが、これが実は簡単な仕事ではない。錠剤が多いので、飲む薬が一錠ずつ封入されているプラスチックの容器のような透明な袋から必要なだけの数の錠剤を取り出さねばならない。これが意外に面倒な作業なのである。錠剤の粒が大きければ、親指の腹などを使って透明なケースから相手を押し出すことはさほど難しくはないのだが、相手が小粒であると、密封されている錠剤のカバーを破って中の小さな薬の粒を押し出す作業は、老人にとってやさしい仕事とはいえない。錠剤を一粒ずつ閉じ込めた台紙の如き容器が、〈PTP〉と呼ばれることはなんとなく入院時の看護師さんに教えられたりして知っていたが、それがいかなる言葉の略称であるかまでは教えてくれなかった。薬は飲むことが必要なのであって、それがどんな名前で呼ばれようが、さほど気にならない様子である。医療の現場にあっては、大切なのは薬そのものであって、容器ではない。まして、容器の略号の元がいかなる言葉であるかなど、気にもならないのだろう。

しかしヒマな老人は、そんな言葉にひっかかると、なんとかしてその容器の名称の全貌（ぜんぼう）を知りたくなる。錠剤を入れるのだから、Tはタブレット（錠剤）のTであり、PはピースのPか、などといろいろ考えるのだが、正解は不明である。そこで、病気のことに詳しい知人に、薬についての言葉らしい〈PTP〉とはいかなる語の略称であるか、と訊ねることにした。

忙しい知人はしかし親切にもその呼び方の元となる言葉を調べてくれた。薬の容器の元となるものの名称は、意外なものであった。

PTPとは、「プレス・スルー・パック」の略であるらしい、という。――〈P〉はプレスの頭文字、〈T〉はスルーだから、何々を貫いて、という語の略。そして最後の〈P〉は包みを指すパックの語から来ているらしい、と教えてくれた。

直訳すれば、〈包み〉をそっと押して中のものを取り出すように、との指示であるらしい。つまり、それは何かの名称などではなく、包みを押して中にあるモノ（薬）を取り出すように、との指示、または注意書きのようなものであるらしい。少しばかり意訳すれば〈そっと押してここから出して〉といったような話になるか。使用者への指示としては的確であっても、ここから出せ、といった物言いはあまり好ましくないな――などと考えて、それでも指示なのだから、と仕方なくプラスチックのカバーを出して、中に閉じ込められていた錠剤を取り出して飲む。

しかし、これまた簡単にはいかぬ作業なのである。

プラスチックの透明なカバーに包まれていた相手は、容器の拘束が解けたと知るや、一目散に飛び出してテーブルの上に散らばり、床に落ちて各々勝手な方向に走り出す。それを追うのが大変な仕事なのである。テーブルの脚の陰にひっそり相手は隠れていたりする。

電車のスマホ、「七分の六」の謎

先日、久し振りに独りで電車に乗って都心に出た。定期的に検査を受ける必要があるので、都心の病院に出向くためである。これまで車の便があったり、何かしら用があって都心に出かける者が周囲にいたりして同行してもらっていた。

電車の利用といっても、途中駅で一度乗り換えを挟んでの四、五十分の乗車である。利用する時間さえ選べば、空席に坐るのにさほどの苦労が必要とは思えない。むしろ恐ろしいのは、乗り換え時のプラットフォームの雑踏であり、エスカレーターやエレベーターへの移動の際に気をつければ大丈夫、との見当はついていた。つまり、朝・

夕のラッシュアワーの混雑を避ければ大丈夫、との見当はつけられた。家族にもその見通しを告げた。散歩の折に道で転んで顔面を強打したことのあるこちらの歩行能力に疑いを抱く家族の者は、老人の都心への単独行をしきりに心配し、なんとか同行する者を探そうとするのだが、その心配は不要、と説得せねばならなかった。

そんなやり取りを繰り返すうちにふと思い出した。かつては電車の中は読書の場であり、一冊読み終ると、次はどの本にしよう、と真剣に迷ったりしたものだった。他人の中の読書なので難しい本を読むのは無理であり、車内で読む本の中心はミステリー、しかもポケットにはいるような海外ミステリーの文庫本が好ましかった。

少し遠くへ出かける際にはどのミステリーを選ぶかに迷ったりしたし、外出時にうっかり車内読書用の文庫本を忘れた折には、それを持参するために、途中から自宅に引き返したりしたこともあった。また、話が山場にさしかかり、次の展開がどうなるかの瀬戸際などにぶつかると、そのまま車内読書を続けることもあったし、降りた駅のプラットフォームのベンチに坐って、区切がつくまで読み続けることもあったりした。

ところで、ある時期から、電車内の乗客の様子が変った、と教えてくれる若い編集者がいた。曜日も聞いたが忘れてしまったが、ある曜日が来ると若い男の乗客は車内で一斉に同じマンガ週刊誌を開くようになった。それは人気の高いマンガ週刊誌の発売日なのだという。

更にその次に、また車内の光景は変化しはじめた。こちらは自分で気づいたのだが、比較的すいている時間の電車に乗り、自分も七人掛けの横に長いシートに坐って前を見ると、向いのシートに坐っているほとんどの乗客が、スマホか、携帯電話か、こちらの未知の電子器具かを手にして熱心にそれを操作している。

そんな光景にぶつかる度に思わず数えてみると、なぜか七人のうち六人は機器を操作しているのに、一人だけ機器をいじっていない。何度か数える機会はあったが、長い座席に坐る七人が全員電子機器をいじっているケースにはぶつかったことがなく、いつでも一人だけ他の六人とは違う人がいる。向いの席から見たら俺がその変った人の一人になるのかなどと考えると、なんとなくおかしくなった。——違うよ、俺は変人ではなくてただ老人であるだけだよ、とそこにいる人に教えてやりたかった。電子機器を持たぬ一人は女性だったり男性だったりするが、何か特別に目立つようなことはなく、普通の乗客としか言いようがないと思われた。

都心からの帰りの電車はその始発駅まで出てから乗ることにした。夕方にはなっていたが、プラットフォームの乗客は多くなかった。今は在宅勤務というのもあったな——。

日記帳は隙間だらけでよし

今年もまた、来年の、つまり二〇二三年用の日記帳を買い求めてしまった。日記帳といっても、様々な工夫がこらされて、便利なのか不便なのかの判断に苦しむような、黒表紙の高価な日記帳などのことではない。きわめてシンプルな、文庫本形式の一冊四〇〇円の代物なのではあるけれど——。

一日一ページが一年分束ねられているだけの日記帳で、ある出版社から刊行された時大きさと厚さとが文庫本と全く同じであることに興味を覚え、なんとなく買い求め、使うとも、使わぬとも決めぬうちに月日だけはどんどん過ぎた。罫なども一切なく、記入は縦横自由で、日付と曜日だけがページの右端に縦に一行小さく示されている。さあどうにでも使ってくれ、というかのような罫のない白地の無表情に惹かれ、それをつい買い求めたのは、こちらが七十代にかかってからだったか。毎年買い求めたわけではないし、日を追って熱心に何事かを記して来たわけでもないのだが、テラテラ光る表紙のカバーを外してしまうと、ただの文庫本が並んでいるだけの眺めとなるのが面白かった。

記入は全くの気分次第なので、どの年の記録も隙間だらけのページが続き、日記とは呼び難いようなものが出現するのだが、それが無表情な文庫本の表紙になんとなくふさわしいような気がしてくる。調べてみると、文庫本の顔をして本棚の隅に並んでいるのは六冊ばかりであり、日付は七十代の終り頃からである。特別の事情があったわけではないのだろうが、全くの白紙の方が多いような日記帳の群の中にあっては、それも残念でも珍しいことでもなく、この日記帳にとっては自然とも、当然とも言えるような扱いだったと思われる。それには少しばかりの説明が必要である。

ある時、若い男を主人公とする小説を書いていて、ふと自分の若い頃の日記が参考になるかもしれぬ、と思いつき、古い小型トランクを押入れの奥から引き出して、自分の二十歳前後の日記を読み返してみることを思いついた。

主として大学生時代の自分が記した日記帳は数冊しまわれていたが、そのページを開いて驚いた。そこに記されていたのが、出来事や行為であるというより、ほとんど感情的、主観的な言葉の怒濤（どとう）の如き流れであり、なんとも鼻持ちならぬ、自分本位の叙述の塊であり、傲慢（ごうまん）であり、感傷的であり、思わずそのノートを閉じざるを得ぬ気にさせられる体の全く自己本位の言葉の塊であったからだった。居たたまれぬほど恥ずかしかった。こんなに俺はだらしがなく、勇気も忍耐力もない青年であったのか――。

そして、ふと気がついた。こんなにみっともない自分を晒（さら）してしまうのは、自分が思うまま、感じるままを文章に綴り、日記などつけたからではないか。

悪いのは日記だ。日記という言葉の器だ。もしそれがなかったら、自分の恥に形を与え、それを他人に見られる心配などしないでもよかったろう。

――悪いのは日記帳だ。日記帳には、自分の思ったまま感じたままを率直に記さなければならない。この鉄則は変えられない。としたら、とりあえずは日記を記すことを止めなければならぬ。その前に人間自身を変えねばならぬのだろうが、これは一生の難事業だから、簡単にはいかない。

とりあえず、日記はつけぬほうがよい。だから、日記帳を買うとしたら、おかしな形のものの方がよい。年末教訓。

V　八十代の朝と九十代の朝

正月の淋しげな日の丸

穏やかな正月だった。

日差しは強くなかったが、それなりの陽光に恵まれた静かな新年の到来だった。

世界は理解に苦しむような戦火を抱え、地球は危険な温暖化に迫られ、人類の存続も危ぶまれているというのに、我が家の近辺は静かだった。

午後にはいるといつものように、行先を定めぬ散歩に出た。疲れたらすぐ止める、近所歩きといった程度の散策である。辞典によれば、散策の策は杖をつくことだそうだから、まぎれもなく当方は「散策」に出かけたわけである。

住宅地から電車の駅や商店街へと向う広めの道にも、宅地の間にわずかに残る畑の前を過ぎて西に向う道にも、あまり動く人影は見えない。子供の叫ぶ声も聞こえなければ、羽根つきの音も、凧（たこ）あげの歓声も起きない。

かつて我が家の子供達と甲虫（かぶとむし）探しにはいった櫟（くぬぎ）の林は、数軒の人家が並んで建つ宅地になってしまったし、凧あげに走り廻った原っぱにはスーパーマーケットが出現した。ごくありふれた郊外地の空間がそこに広がっているだけである。穏やかな良い日だが、人影のとりわけ子供達の甲高い叫びや走り廻る影の見えないのが物足りない。

そう感じながら杖をついて歩くうちに、一軒の家に出されている日の丸の旗が目にはいった。プラスチック製らしい長くない旗竿（はたざお）の先に、日の丸の旗が垂れている。それが内側からブロック塀に立てかけられている様は、なんとなく元気の出ない眺めを作っている。

昔はこんなふうではなかったな、と自分の子供の頃の景色を思い出した。東京の新宿に近い住宅地であったが、〈ハタビ〉と呼ばれるお祝いの日にはどの家も門の脇から道にかけて竹竿に縛りつけた大きな日の丸の旗を飾るので、いつもの道が急に化粧でもしたようにも、威儀を正したようにも感じられたものだった。旗は畳半畳ほどの大きさのスフ（人造繊維）製のもので、触るとシャリシャリした冷たい感触のものだった。それに、竿の先につける金色の球がセットになったものが、戦時中の隣組を通して、各家に配られたことがあった。旗も、竿の先の球も、高級な品との印象を与えられたわけではなかったが、それでもバス通りへと向う住宅の並びに白と赤の日の丸の旗が一斉に並ぶのは、なにやら日頃とは違う日が到来したとの印象を子供心にも与えられたのを覚えている。それから半世紀以上も過ぎた現在の日の丸は、どこか淋(さみ)しげで孤独な感じを与えられることがあるような気がする。なんとなく、旗が顔を伏せているような印象を与えられる。

今や日の丸の旗は、スポーツ競技場の国際試合のスタンドや、それを応援する人々の集る酒場でしか元気に生きられぬものになってしまったか、と溜息が出た。

それならしかし、とにかく正月なのだから門松がその代役を果してくれてもいいのではないか、と思いつき、周囲の家々を見廻したが、どこの門にも松は飾られていない。その気になって探すと、門の扉に松の小枝の縛りつけられている家や車のフロントにそれらしき物の飾られている家が見受けられはするものの数は多くないことに気がついた。また土地の旧家などと教えられていた堂々たる門構えの屋敷にも、かつてよく見た太い竹の斜めの切口が天を突くような印象の大きな門松など、今年は見かけられなかった。そういう正月になったのだ、と自分を納得させ、正月の変化はこの国の変容なのだ、と呟きつつ帰宅する。

歩き読書を戒める間もなく

健康維持と体力保存のために、一日最短二十分程度は必ず外を歩くこと、と医師に言われ、それを実行に移してから、四十年近くの歳月が過ぎた。その間、病気・入院は幾度かしたが、なんとかこれまで九十年余り生き続けてくることが出来たのは、この散歩のオカゲかもしれない。

外を歩いていると、様々なことにぶつかる。良いこともあれば、悪いこともある。悪いことのほうは、バス通りの歩道や駅のプラットフォームなどで、熱心にスマホを操作しながら歩いて来る若い男性などに出会い、あやうくぶつかってはね飛ばされそうになる危険に出合うことである。こちらが脇によけるためもあるけれど、相手も衝突寸前にヒラリと身をかわすので、これまで衝突したことはない。危いじゃないか、と文句を言いたいところだが、相手は一瞬早く身をかわし、後姿となって人々の背中の波に溶けこんでしまっている。

似ていても、それとは違うこんなケースもある。

ある午後、散歩に出て家の近くを歩いていた。その先に小学校があるのだが、下校する子供達とよく道の途中ですれ違う。幾人かの塊となって歩いて来るが、こちらの歩行者はスマホなど持たず、ひたすら賑やかに呼び合ったり、囃（はや）したてたりしながら、賑やかな群をなして帰って来る。三年生くらいであろうか、十歳前後と思われる四、五人の一群とすれ違った。工作の時間にでも作ったのか、なにやら本箱らしき物を持つ男の子もいれば、正体不明の筒のような物を抱えた女の子もいる。その一群をやり過した後に、一人離れて近づいて来る男の子が見えた。彼は工作物らしい物体など持たずに、少し大判のマンガ雑誌らしきものを両手で開いて一心に読みながら歩いて来る。学年が違うのか一群の子供達とは明らかに異質なその子供のおそらくはマンガ本への集中は、全く完璧なものと思われた。ガードレールに守られた通学路の歩道の幅をいっぱいに使ったその読書には、他の何ものも割り込む余地は無さそうに見受けられた。

このままいけば、あの夢中になって読書する子供にぶつかってしまうのではないか、という予想がふと湧いた。もしそうなったとしても、あの体軀(たいく)であれば、ぶつかる双方にケガの生じるような危険はないだろう、との予測はすぐついた。ほわり、とぶつかる子供の身体の柔らかさと温さまでが想像された。

驚いて顔をあげる少年に、そんなふうにして本を読みながら歩くのはアブナイよ、本は坐ってゆっくり読んだほうがいい、と話しかける自分の声まで聞えた。そして、彼が読んでいる本にはどんなことがどんなふうに書かれているのかを見せてもらいたかった。

その少年は直前に迫っていた。ぼんとぶつかる柔らかな身体とその温もりとが感じられた。この道はガードレールがあるからいいけれど、自動車や自転車の通る場所で、歩きながら本を読むのは危険だから、今後絶対にダメだぞ、と強い調子で言った方がいい、とまた考えた。

——本を読む子供とはぶつからなかった。

いざ当るという寸前、こちらが胸を守って腕を前に交差させた瞬間、それに気づいた子供の口から、ヒエッと悲鳴が弾け、手を離れた本が宙に飛んだ。それに伸びた両手が、なんとか本を摑んだ。

こちらが口を開く前に、子供は再び本を開いて読み始めていた。振り向きもせずに遠ざかる子供は、本を読みながら次の角を曲って消えた。

暗証番号に捨てられて

ある日の午後、電車の駅の向こう側にあるスーパーマーケット内の大きな文房具売場まで出かける用が発生した。文具店なら線路のこちら側にもあるのだが、かねてから必要であると考えていたやや大判のノートは、そこまで足をのばさなければ手には いらぬ種類のノートだった。

そこで、駅の向こうのスーパーマーケットまで行くが、何かオレでも用が足せそうな買物があるか、と家人にたずねた。

特にないわね、と答えながら相手は家の中をぐるりと見廻した後、そうだ、お金を少し出して来てもらおうかしらと答えた。何かの支払いをする日なので、手持ちの金ではやや心細いのだ、と説明がつけ加えられた。

いいよ、あのスーパーの地下には銀行のＡＴＭが並んでいたよな。キャッシュカードを持って行って、その現金支払機で金を引き出せばいいのだな、と必要な金額を確かめキャッシュカードを渡されて家を出た。

機械が苦手で嫌いで、何かといえば敬遠しがちな一家の当主が、ある時家人が風邪（かぜ）をひいて寝こんでしまった折に現金の手持ちが心細くなり、仕方なしに当主の彼がキャッシュカードを渡され、郵便局のＡＴＭで紙幣を引き出したことがあった。自分でも心細かったのだが、機械の指示に従って覚束（おぼつか）ない指先で対応すると、なんと大きな冷蔵庫の如き機械から新しい紙幣が次々と吐き出され、それを持って意気揚々と帰宅したことがあった。作業は大変だったかと家族にたずねられた機械嫌いの当主は、しかしその日から後、ＡＴＭで現金を引き出す仕事を気軽に引き受けるようになった。

その現役の担当者として、彼は彼なりに、現金を扱う機械の操作のベテランとなっていた。

だからその日も、彼は自信満々で、スーパーマーケットの地下にあるATMの前に立った。郵便局や銀行にあるものとはやや顔つきが違うような気はしたが、所詮（しょせん）は機械なのだから基本的には動作は変るまい、と考えて老人は機械の前に立った。

途中まで機械と老人とは和やかに、滑らかに動作しあって仕事を続けた。いつもと少しも違いはなかった。

突然の変異に襲われたのは、汝（なんじ）の「暗証番号」を示せ、との指示に出合った時だった。

答える指が動かなかった。頭の中のどこにも、暗証番号の数字の影はなかった。何が起ったのか、わからなかった。

暗証番号の詰まっていた筈の籠は空っぽだった。

いや逆に、その籠はキラキラ光る数字が溢れ返っていたのかもしれない。

いずれにしても、これが私の暗証番号です、と人様に示せるような数字はどこにもありそうになかった。つまり、彼は自分の暗証番号をすっかり忘れている自分を発見したわけである。

人様の名前や日付や土地の名称などがふと思い出せなくなることはよくあるが、それが暗証番号についても発生したのだろうか。番号は忘れぬようにと手帳などには一切書くな、との注意を受けたために、どこにも番号の数字を記したものはない。つまり、自分とつながった暗証番号など、この地上には一切存在しない、としか言いようがない。暗証番号に捨てられた、という恐怖に包まれた。このまま数字を思い出せなければ、自分はもう数字に捨てられたようなものだ、と考えざるを得なかった。

結局、現金は引き出せずに帰宅した。家には数字があった。

両開きのガラス扉を押し開けて

住んでいた古い家を建て直す時、仕事部屋は居間とはなるべく離れていることと、二階のその部屋には南に向けてテラスに出ることの出来る、両開きのガラス扉が出現することを望んだ。

仕事の部屋が二階となれば一階の居間からは当然離れるわけで、問題はテラスに出入りするための扉と虫除(よ)けの網戸をどのようにセットするかだった。

ガラス扉と網戸という二つの開閉装置を部屋の南側にどのようにまとめるかは、しかし面倒な問題を抱えていた。そこでは、左右に水平に動くガラス戸と、虫除けの網戸とをどう組み合わせるかを決めねばならなかった。

色々と考えた末に、網戸は引き戸のレールを部屋の内側に敷いて左右に動かし、回転運動をするガラス扉は部屋の外側にセットするという形でなんとか工事はまとめることが出来た。不十分ではあったが、仕事部屋から両開きのガラス扉を押し開き、テラスに出てなんとか外気を味わうことが叶(かな)った。その望みを実現するまでには、いわば悲願の歳月が積み重ねられていたのだ、ともいえる。それが仕事部屋の窓の前史とでもいえるだろうか——。

六十歳にかかろうとする頃ある婦人誌の企画で、スコットランドの田園にある貴族の別荘として使われた古い建物の幾つかを泊り歩き、その旅の印象記を雑誌に書かないか、との誘いを受けた。喜んでそれに参加し、ロンドンからスコットランドに入った。

幾つかの土地のどの別荘もそれなりの歴史を抱えた建物であり、どの別荘も家の造りから周囲の景色まで、まことに印象深いものが多かった。

なかでも、土地の名前も聞いたことのなかったような田園にある、一軒の古い別荘が印象に残った。

廊下や階段の壁にはずらりと肖像画が並ぶ屋敷の天井の高い一室が、貴方方夫妻の宿泊する部屋だ、と案内された。

——次の朝である。見るからに重そうなカーテンを押し開き、がっしりした握りを廻して重いガラス扉を左右に押し開いた時、眼の前に現れた眺めに圧倒された。そこにはうねる草原があり、あちこちにさほど背の高くない樹木が立ち、その全景がなんともいえぬ穏やかな風景として眼の前に広がっていたからだった。

午後になって外に出た時、どこまでがこの家の庭なのかと別荘で働く人にたずねた。彼は大きく手を振り上げて空に半円を描き、今見えているすべて、と答えた。ただしある時から、近くに住む人々に領地の通行が認められるようになり、歩行者はこの草の中の細い道を横断可能となったのだ、と教えてくれた。そうでもなければ近くに住む人などは、とんでもない廻り道をせねばならなかったろう。その細い道に近づいて見ると、そこは両側から草が押し寄せている細い道であり、それが草原の先へと細く長々と続いているのだった。

その時の印象があまりに強烈であったので、自分も両開きのガラス扉を押し開けてバルコニーに立つことを夢みるようになったらしかった。

何十年も住んでいた家が老朽化して建て直さねばならなくなった時、まず頭に浮かんだのは、テラスに向けて大きく両側に開くガラスの大柄な扉だった。仕事机を離れてテラスに出た時、大きな展望は得られなくても、上に拡がる空と流れる空気くらいは味わえるのではないか、と期待した。

見えるのは軒の迫る近隣の家々と電柱と風に揺れる電線のみだった。電線にとまる鳥達の影も最近は見えない。

短いから難しい近況欄

月一回連載されるこのエッセイが読売新聞夕刊紙上でスタートしたのは、二〇〇五年五月であった。

その後、二〇〇八年の途中から、新聞の活字が大きくなったため、一回分の文章の長さはやや縮まった。またその後、九六字の「近況」欄が、筆者の顔写真の下に横組で出現し、エッセイ欄のタイトルも、「日をめくる音」と改められて新しいスタイルの紙面が誕生した。

その紙面改編は、しかしエッセイの本文に影響を与えかねぬものであることに気がついた。エッセイの本文そのものが、筆者の暮しの近況報告に他ならぬ場合がきわめて多いと思われるからである。つまり、筆者自身の近況を通して現在の老いの姿を捉えようとしている、ともいえるからである。

そう質問すると、それはもっともだ、と担当の記者サンも天井を仰いだ。

エッセイや随想の本文と、それを書いた人の「近況」つまり暮しとの間に意外なズレがあればそれは読者にとってまた別の刺戟(しげき)となり、そこから何か新しい興味や刺戟を受ける場合もあるかもしれない。しかし、老いていく日々の断片を拾い集めてみても、何かに同感は出来ることはあってもそれ以上の刺戟を受けることは難しくもあり、さほどの期待は持てそうにない。困ったね、と言い合ううちに、記者サンのふと漏らした言葉が耳にひっかかった。短い文章が自分は好きで、新聞などの場合でも、長い文章と短い文章と、読まねばならぬものが二つあるとしたら、自分はまず短い文章から読みたくなるけれど、と記者サンは呟いた。

半分わかったような、半分わからぬような話だとは思った。新聞などの場合だろうか、長い文章はいくらでもあるのに、短い文章は少いからかもしれない、と彼は呟いた。

短いことはいいことだ、と呟いているようにも聞えた。そう感じると、日本語の場合まず頭に浮かんで来るのが、短歌や俳句である。限られた文字数の中でいかに多くのことを伝えようとするか、といった問題として考えればそうかもしれないが、それらは詩歌といった韻文であり、ここで考えているのは散文である。

話を拡げ過ぎずに考えようとするうち、ある集りで一人の出版畑の編集者が、自分は短い文章が好きだ、と発言するのを聞いた。集りの席上での発言であったので、彼がどのような文章を指してそう言ったのかは確かめられなかったけれど、なんとなくある感じは伝わって来るように思われた。いずれも男性のジャーナリストの漏らした言葉であったが、その底には、なにか潔さに寄せる思いがあるように感じられた。

大分あちこちを迷ったが、ここで「日をめくる音」に寄せる「近況」に話を戻さねばならない。九六字は八行に過ぎぬ長さであり、ふっと一息つけば終ってしまう。この短い文章に力を持たせ、十分に働いてもらうためには、それなりの工夫なり、準備が必要となる。

エッセイ本文の原稿の締切りは、イラストを入れる時間が必要なために数日前と定められているが、「近況」は新聞が印刷される直前まで変更可能なのだから、と勝手に考えて、書き方を変えてみようと頭をひねったりする。

コロナ禍の拡大に溜息をついたり、狭い庭の木々の様子に触れてみたりもする。

エッセイ本文の内容を確かめ直したり、そこで筆を止めたりすることもある。

遠景への関心を忘れず

最近、遠くを見て暮さなくなったような気がする。

遠くといっても、遥かなる山並みや海辺の如き広大な眺めを指すのではない。身近な細々とした物の詰った屋内の光景ではなく、より開けた遠い世界、ただ見るのではなく、眺めるような離れたあたり――の光景のことである。

たとえば、近くにある地元の旧家の庭の先か、そのすぐ外側に幾本か並ぶ欅(けやき)の巨樹の眺めである。それら数本の樹木は、ただ古く大きいというだけではなく、独特の表情を備えている。

夕刻、杖を手に散歩に出る。そしてふと空を仰ぐと、その数本の巨樹の内でもとりわけ大きな一本の枝一面に、小さな鳥達が寄り集って、一斉に鳴き交している光景によく出会った。落した葉のかわりに数知れぬ小さな鳥達が枝々を埋め、一斉に鳴き交している。そしてある瞬間、何を合図にしているのか、どこか高い枝から小さな鳥達が飛び立ち、すぐに続けて高低の枝々から一斉に離れて空に散り、再び群れてどこかに向けて空を横に斜めに黒い点の集合となって飛び交い、やがて遠くの空に去って行く。後に残った巨樹は、迫り来る夕色の中に二、三羽の蝙蝠(こうもり)を黒いリボンの如く足許に配したまま、黙って立ち続けている。距離としては遠く離れているわけではないが、それは家の中の視界とは異質の眺めをちらつかせてみせる。おそらくは雀(すずめ)のような小さな鳥を主体にすると思われるが、遠く高い空を飛ぶ黒い点のような鳥達の正体は摑めない。

鳥達といえば、欅の巨樹や遥かなる夕空まで持ち出さなくとも、出会える場所はいくらでもある。

たとえば、住宅地の間に残された原っぱや家々の間を抜ける道路に張られた電線などにも鳥達の一群は登場する。道路から振り仰いだところでは、欅の大木に群れていた鳥達より、こちらの鳥達の方が明らかに大柄である。この尾の少し長い鳥は鵯（ひよどり）というのか、などと勝手に想像してみることにする。夕空をバックに、四、五段に張られた太い電線に横並びにとまっているその姿は、遠景とはやや呼び難いけれど、夕空を背景にくっきりとした黒い影を浮かび上らせている眺めは、やはり遠景と呼びたい眺めを作り上げている。

舞台は電線なので一羽一羽の姿もはっきりと見分けられる。電線の左端から五羽並んだ横に空席があり、三、四羽分ほどあけて、また幾羽かが横に並ぶ姿は何を示しているのだろうなどと考えてみたくなる。鳥達にも席の上下といったものがあるのだろうか、などと気にかかる。しかし、とここで頭の中の線は切り替えられる。しかし、それはいわば遠景の中での出来事であり、近景とは切り離された外界の事情で動くものであるのだ、と――。その中には自分は居ない。

いや、本当に自分はそこに居ないのか。見えにくいだけではないのか。離れた光景は見るのが面倒で近づきたくないから、その眼を自分のすぐ足許の、洗濯が終った温い衣類や足許の紙屑籠などに向けてしまうのではあるまいか。

この面倒臭さ、対象との距離の遠近の感覚が、つい遠景を遠ざけ、近景ばかりでことをすませようとしているのではないか――。

近くの自分が見えなくなるのは困るけれど、しかし遠くの自分が見えなくなるのもまた困る。

遠景の中の自分はどこに居て何をしているのか――。せめてその関心くらいはどこかにそっと育てていたい。

八十代の朝と九十代の朝

朝起き出した時、自分のまわりに出現するものについて書こうとして、ふと気がついた。似たようなことを幾年か前にも書いたような気がしたからである。

月一回、新聞（夕刊）に連載し続けている短いエッセイをまとめた「老いのゆくえ」（中公新書）をめくり返すと、果してそこに「朝訪れる優しい時間の環」と題した一文をみつけた。二〇一七年七月二十八日に掲載されたものであったのを新聞の切抜きによって確かめた。

――朝、パジャマも脱がずにベッドにぼんやり腰かけたままでいると、どうやら自分の中に子供の頃の空気がよみがえり、今はこの世から遠く去った両親や祖母や兄のことなどが自然に思い出されて来る――と。長い時間ではないが、これは朝だけに出現する森の中の静かな沼のような存在として感じられた。

ところで、今は二〇二三年七月なのだから、前の一文を書いてから既に六年が経っている。なるほど、と頷く気分が湧いた。

最近、寝起きの際に出合うのは、そんな透明な甘美で優しい時間ではない。同じようにベッドに坐ったまま足を床に垂らしていると、今、何時だろうという問いが自分の中に起き上る。だから、何かをどうかしよう、というのではない。ただ純粋に、朝の時刻を知りたいだけのようである。

――としたら、これは意外に深刻な、詩から散文への変化かもしれない、という発見にたどり着く。変化という漠然とした捉え方より、むしろ移行といった流れを考えたほうがいいかもしれない。

つまり、自分は八十代半ばの詩的世界から、九十代初めの散文的世界へと移行したのではなかろうか――と。

もしそうなら、森や沼や遠くへと去った人達の後姿が見える八十代半ばは、まだ十分に老いてはいないのであり、九十代にかかって初めて老いは日常のもの、普通のもの、散文的なものへと変化し、人を最後の地点まで運んでくれるものへと準備を始めるのかもしれない。

ベッドに横に坐ったまま今何時だろう、と知りたくなるのは、何故か右足だけパジャマのズボンから引き抜き、左の足はまだパジャマの中に残したままの不安定で不自然な姿勢の中においてである。つまり、八十代の朝は森の中の沼の如く瑞々（みずみず）しく甘美なものであったのに、九十代にはいってからの朝は時計の中の時刻を示す数字へとデジタル化されている。しかも、片足だけはパジャマのズボンの中に残されたままという不安定、不自然な姿勢を強いられたまま――。

だからといって、朝の数字は疎ましく、夜明けの中に沈む沼の面影だけがいとおしいわけではない。

そのあたりは微妙なのだが寝起きの数字にはそれなりの表情があり、ざらっとした肌触りが感じられ、これから始まる日常雑事に向けた関心のようなものが身動きする予感の影がちらつくのを意識する。

つまり、八十代の老いが持つ詩的世界は歳月とともに次第に変化し、いつか九十代の散文が抱える世界へと変化していくのではないだろうか。これは詩と散文とを単純に対立するものとして考えようとするとか、経年変化のシルシとして受けとめようとするか、といった問題ではない。〈老い〉は単なる時間の量的表現ではなく、人が生き続ける姿勢そのものの質的表現でもあることを忘れてはなるまい。

老人は生きている。美しい沼も、乾いた数字も踏みしめて——。〈老い〉は変化し、成長する。

ネクタイの結び方、指は忘れず

ネクタイについて書こう。辞典などには、〈洋装で、首に結ぶ飾りの布〉と書かれているあの細長い布である。

小・中・高・大と学校はすべて国公立のものに通ったが、制服を着用するような学校はなかった。旧制中学の途中で敗戦にぶつかったので、制服はおろか上着さえ着用せずに通学していた時期もあった。だから、私立校でネクタイを着用する制服の定まっている学校の生徒達が登下校する姿を見たりすると、あの子達はどんな気分でネクタイ通学しているのだろうか、と考えてみたりすることもある。

大学時代は学生服も着用せずに、ジャンパー通学が多かったように記憶する。いずれにしても、そこまではネクタイ着用の習慣はなかった。

ある自動車メーカーに就職が決まり、地方工場勤務が決定すると、そこから先は毎朝ネクタイで首を締める日々が続くことを覚悟せねばならなかった。

会社の従業員寮にはいり、明日が入社式という前夜、食堂で顔を合わせた十数人の新入社員達は、翌日の出勤の折の身形(みなり)について言葉を交した。入社式だというのだから、スーツにネクタイだろう、と誰もが考えたようだった。

ネクタイは、就職が決った時に母がデパートで買ってくれた、紺と赤と白が斜めに嚙(か)み合ったデザインの一本しかなかったが、とにかく紺のスーツにネクタイを締めて出勤第一日を始めることが出来た。

勤務先の工場は北関東にあったが、暑くなるとネクタイ着用は言葉だけのものとなり、それはカバンの中に入れられたり、会社のデスクの抽出(ひきだ)しの中に眠るようになった。たまに東京の本社に出張を命じられたりすると、張り切って抽出しから取り出したネクタイを締めて出かけたものだった。

ネクタイの結び方の講習会のようなものが社員寮の部屋で開かれたのも覚えている。技術部のデザイナーが講師となり、ウインザーノットとか、セミウインザーとかの結び方を学習した。

その後数年して本社勤務になると、さすがに毎朝ネクタイを締めて丸の内に出勤するようになった。それでも夏場などにはノータイ出勤の機会をうかがっていた。後から考えてみれば、これはなんとなく反体制、反権力の気分を楽しみたかったためでもあったかもしれない。その頃にはネクタイの数もふえて、種類もかなり増していた。

会社勤めは十五年ほどで終り、文筆生活にはいったわけではあるけれど、だからといってネクタイとは一切無縁になったわけではない。祝いごとや葬儀の場など、形式を重んずる場に臨む折などには、それにふさわしいネクタイを着用した。

しかし、年齢が九十代にも達すると、そのような形式の場も少なくなり、ネクタイは衣裳(いしょう)ダンスの中を飾る色彩の束のごときものに変じた。

随分久し振りのことだな、と感じつつ白いネクタイに向けて手を伸ばした。

そして——ある日、ある時、ある事情から、ネクタイを必要とする事態に迫られた。

それをワイシャツの襟の下に入れて首に巻いた瞬間、ネクタイの結び方を忘れているることに気がついた。ワイシャツの襟の下にはいって一廻りしたネクタイの先を、次にどうすればよいか、見当がつかない。大変なことになったと思った瞬間、何を考える暇もなく、指が勝手に動いて、ネクタイを結びあげていることに気がついた。

鮮度異なる〈老後の自由〉

自分よりまだかなり若いと思っていた新聞記者や雑誌の編集者から、来年の春には定年を迎えるので、今の仕事をやめます、と挨拶されて驚くことがある。まだしばらくは、これまで続いていた仕事を通しての関係が、そこで突然断ち切られてしまうという変化が、すぐには受け入れ難いからである。

その先はどうするの、と訊ねてみずにはいられない。嘱託に転じて同じ勤め先に残るという人もいれば、他の勤め先に移ってこれまでと同じような仕事を続けたい、という人もいる。

なかにはしかし、もう勤め人の暮しから離れ、以前から望んでいた個人的な仕事に手をつけてみたい、という人もいる。

夫々（それぞれ）に希望があり、進路が異るのは当然だろうが、いやもう何もしたくない、という人もいる。既に十分働いたので、今後は老後の暮しを楽しもうとでもいうのか、とにかく自由を求めているのか。

それにしても、と考えてみずにいられない。二十代の前から四十年前後も勤め人の暮しを続けて来た人は、勤めを辞めて突然自分の前に出現した自由な時間と、どうつき合っていくつもりなのか——と。

我が身を振り返れば、こちらも四十代にかかる前に、十五年続けた会社勤めを離れ、文筆生活にはいったのだが、まだ子供も幼なかったし、なんとかして暮していかねばならぬので、家族が生活していける程度の収入を得る仕事を探し、かつ自分の作品を書いてゆく時間を確保する暮しを手に入れることに懸命で、定年まで勤め上げた末に訪れる自由の時間などとは無縁の日々だった。

だから、同じように自由の時間を前にしても、定年まで四十年あまりを勤め上げた人の迎える自由と、自由業者としてなんとか生活を維持して来た人の自由とは、いささか質が異っているような気がする。定年退職者の自由は、長く仕事を続けて来た人が定年に達して手に入れる新しい自由であるのに対し、もとから自由業の生活を営んで来た人にとっては、それまでと変らぬ「自由」な暮しが同じように続くだけの話となる。つまり、六十代以降の「自由」は、前から自由業を営んで来た人の自由と、新しくそれを手に入れた人の自由とでは質が異るわけである。

そんなことをぼんやり考えているうちに、高齢に近づくにつれ、中年の頃から自由業であった人の自由は次第に力を弱めていくような気がする。老いたからというだけではなく、定年によって手に入れた自由をどう扱うかと考える人の自由とは何かが違っているように思われてならない。定年を迎える人の手に入れる自由は新鮮であるのに対し、長く自由業生活を送って来た人の自由はもうかなりくたびれているような気がする。定年を迎えて新しい自由を手に入れた人にとって、昼間の勤め人の時間が全部なくなるのだから、その新しい時間をこれからどう扱うかについて訊ねても、いや、やることはいくらでもある、と胸を張って答えられることがほとんどで、自由の扱いに困っているという声など聞いたことがない。つまりそこには、まだ手を触れられていない自由の樹の果実が枝もたわわになっているわけなのだろう。

それに対して、長く自由業を営んで来た人の自由はもう充分に古びており、次第に無為と似たものになって来ているように思われる。つまり、そこでは、老齢化という変化に助けられ、自由の中にあった危険な刺は失われつつある。老人こそ、自由に気をつけるべきなのかもしれない。

行事か事件か、転倒問題

久し振りに、また転んだ。いや、正確にいえば、ほとんど転びそうになった。以前に転んだのはいつ頃であったかが気になって、このエッセイシリーズでの記述を振り返ってみて驚いた。思っていたよりはるかに多く、転ぶことについての記述があったからである。つまり、それだけ転ぶことを恐れながら暮して来たのだ、ともいえる。

中年を過ぎるまで転倒はほとんど事故だが、それを過ぎてからの転倒はほとんどが行事めいた出来事であり、転ぶべくして転んでいるのかもしれない。結果の深刻さを考えれば、これは偶然の出来事として扱える問題ではなく、生命や生活の問題までを孕む深刻な事件である。だから、転倒は老人の暮しにとってきわめて重要かつ深刻な出来事なのだ、と考えねばなるまい。

転倒問題の出発点を考えれば、人間のような細長い身体をもつ動物が、手足を使って横這いに動くのではなく、二本の足を用いて立上り、生活するから転ぶのであり、蛇が転んだとか、蛙が躓いたなどという話は聞いたことがない。

それに対し、二本足で直立するが故に、二本の手が自由に使えるようになったからこそ、人間の活動領域は深く広くなり、文化を生み出すに至ったのだ、という説を学生の頃に聞かされて感心したのを覚えている。両手の自由のために両足の動きがあり、その微妙なバランスの上に様々な知的活動が展開されて来たのだ、と感心したのを思い出す。

重さ五、六十キロもあるような細長い体形の動物が二本の足で立って生活するということは、不思議な話ではある。だから、時に平衡感覚を失って倒れたり、転んだりすることがあっても、さほどの不思議はないのかもしれない、と考えたりする。理屈はともかく、二本足歩行する人間が、時にバランスを失って転倒することがあっても、とりわけ不思議とも不幸ともいえないのかもしれない。

そんなことをぼんやり考えながら、日課となっている一日一回の屋外歩行に出かける。家から出なくなったら次第に歩けなくなった、という似た年齢の人の噂など聞くと、面倒でも疲れていても、やはり日課の散歩は欠かせぬか、と考えて玄関に出る。夕刻、暗くなりかけていたせいか、娘が散歩について行く、という。仕方がないので、父が使っていた竹のステッキを手に出かけることにした。竹の杖まで持つと、親子三代の散歩となる。

長年のうちに、その散歩の範囲は次第に短くなり、ごく近くに限られるようになる。と同時に、途中のどこかにひと休みする場所も見当をつけておかねばならぬ。ベンチといった文化施設は近くに意外に少ないのである。連れがいるので少し歩くコースを変えたために、ひと休みする場所がない。腰のあたりが次第に熱く重くなる。公園や商店は近くに見出せない。

道の行手に、古いマンションをつぶして整地し、分譲地として売出し中の土地があった。薄闇の中に、道路と売地とを仕切るコンクリートの低い塀のようなものが見えた。

あそこで休む、と同行者に告げて疲れた足を前に出す。ようやく辿り着いた仕切りに腰をおろそうとして、思わず前のめりになった。驚いたことに、コンクリートの低い仕切りと思われた物は、実は黄色の網の如きものであり、手応えもなく揺れた。ほとんどその上に倒れかかった時、娘の手が、着ているもののどこかを摑んだ。辛うじて道路から網の上に転落するのを免れた。つまり、うまく転べなかった――。

歳上女性からのいたわり

老いの進む筆が動くうちにふとどこかで手が止ったり、急に動きが鈍くなったりすることがある。特に他人の歩行が気にかかったりすると、手だけでなく自分の足が衰えたのではないか、と心配になる。そして前にも似たような気分を味わった覚えがあるが、それはいつ頃のことだったかと気にかかる。多くの場合、そのような気分が発生するのは同方向に歩く人々に次々と追い越されていくのに気がつくからであるらしい。

そのうち、大人から子供まで、時には似たような歳頃の老人にまで追い抜かれているのに気がつくと、益々これはいかん、と反省したりする。反省してもどうにかなるものではないのだが、それでも反省したり、緊張したりはせねばならない。そんなふうにして日を過しているのだが、今度また、新しい事態にぶつかった。

さほど寒いとはいえぬある夕刻、常より少し遅くなってから、日課としている短い散歩に出た。ズックの靴をはき、竹のステッキを手にして、運動というより気分転換を目指すつもりの外歩きに出た。沈もうとする夕陽が、いつもより少し濃い光を送って来ているようだった。

宅地の間に残っている狭い野菜畑の間をぬけ、古くからある二、三軒の住宅が並んでいるあたりまで来た時だった。電車の駅の方角から、三、四人の人の歩いて来るのが目にとまった。勤め帰りなのか、皆、同じような服装で似たような歳頃の男女だった。勤めの帰りにしてはまだ早過ぎるかな、と考え直そうとした時、少し離れて、もう一人の影が歩いて来るのに気がついた。

どうやら前を歩く人々とは違う、小柄な老女であるらしかった。両手に荷物を提げ肩にも布の袋をかけている。いくらなんでもあの歳にしては荷が多過ぎる、と考えた時、つと立ち止った彼女が提げていた黄色のビニール袋を道に置いて腰を伸ばした。あげた顔がばったりこちらと合った。こちらより少し歳上の女性と思われた。声を放ったのは相手の方が一瞬早かった。

転ぶと危いから、気をつけてお帰りなさいよ——と。喉から出た声はさほど大きくはなかったが、はっきりとこちらの耳に届いた。前に会っているような気はするが、言葉は交したことのない老女である。お互い様、そちらも気をつけて、と言ったつもりだったが、果して声になって出ていたかどうか——。ヨイショ、と自分に声をかけるようにして、また荷物をもって背を伸ばそうとしている相手が見えた。

おそらくはこちらより歳上である相手から先に見舞いの言葉をかけられてしまったのはショックだった。犬を連れた散歩の老女から、犬にかわって路上で声をかけられたことはあったけれど、それはこちらのズボンの匂いでも嗅ごうとする犬のかわりの御挨拶のようなもので、全く儀礼的な言葉に過ぎなかった。

今回の老女の挨拶は、そうではなく、本当にこちらが転ぶことを心配してかけてくれた言葉であったような気がする。あんな歳の人に、あんなふうに気づかわれるとしたら、いったい自分はどのような姿をさらしているのだろうか、と考えざるを得なかった。そちらもお気をつけて、と道の反対側から言葉を返したが、おそらく歳上の女性から、いたわられるようにして先に声をかけられたのは、意外でもあり、残念でもあった。それほど俺は老人くさく、衰えて見えたのか、と考えると恥かしく、無念でもあった。

おかしな黄金風景だな、と道の反対側で足許に置いた荷物を持ち上げようとする老女を見ながら考えた。自分はもうあの歳なのか、もっと上なのか、とぼんやり考えた。

西日に感じた宇宙

一日一度の散歩を日課と決めてから、五十年近くは経っただろうか。八十代にはいってから、その散歩の歩き方に少しずつ変化が現れてきた。

まず第一に、歩く範囲が狭くなった。以前はなにげなく歩いていた地点が次第に遠く感じられるようになり、歩く距離が縮小し、時間が短くなった。

次に気づいたのは、途中で腰をおろして一休みするのに適した椅子やベンチがどこにあるかの問題である。四、五年歳上の先輩から、散歩をするには、途中で腰をおろして休める場所の見当がついていなければならない、とよく聞かされた。脈拍が早くなり息が苦しくなって、どうしても一休みする場所が必要なのだという。こちらは脈拍が上がるわけではないのだが、二十分も歩き続けると、ゆっくり坐れる場所が欲しくなることに気がついた。十分ほども坐って休息すれば足腰はほぼ元にもどり、前と同じようにまた歩き出すことが可能となる。

少し前のその日はよく晴れていた。太陽が西の空に傾き始める気配に気づき、その光を全身にたっぷり浴びたいものだ、と感じた。

家を出ていつものコースを歩きながら、そろそろ一休みしたいなと感じた。途中、マンションの下にある小さな遊び場のベンチが託児所の子供達に占領されて坐る場がなかったので、いつもとは違うコースを辿って歩いていた。

駅の方へ左折すると大きなスーパーマーケットがあり、その店舗の西側に広い駐車場がある。そこに強い西日が溢れ、建物の西側の壁沿いに三つの小さなベンチが並んでいるのは知っていた。

ベンチに人影はなく、建物と駐車中のトラック等に挟まれたそこは、陽の当らぬ陰気な細長い場所だった。

店の出入口に最も近い端の場所に、大きな箱形の荷台のついたトラックが一台とめられ、中年の男の作業員が荷を店内に運びこんでいる。そのトラックが出れば西の空に向き合うことになると見当をつけ、左端にあるベンチの左の端に腰をおろして一息ついた。トラックが出れば、傾きかけた太陽と正面から向き合う位置だった。

気がつくと、トラックの箱形の荷台の左上の端から、陽の光が少しずつベンチに差し込み始めている。

トラックが出るかと思ったが、そうではなかった。荷おろしの続くトラックは停車したままで、その車の荷台の左端の上から陽光が差し込み始めたのだった。トラックでも自分でもなく、太陽が一番先に動いたのだった。それに気づいた瞬間、なにやら感動している自分を発見した。動くかと思ったトラックは駐車したままで、その車の荷箱の左斜め上から陽が差し込み始めたのだった。こちらの身体が動いたのでも、トラックが動いたのでもなく、太陽が自分から動いてくれたのだ、と気づくと身が震えそうになった。天動説というものがあったな、と子供の頃の学校の教室が思い出された。いや、地動説という見方もあったぞ、とそれに反対する考え方も蘇って来た。何が正しいかは別にして、太陽が自分の立っている場所を教えてくれたように感じた。宇宙の壮大な動きと自分が重なっていた。

その見方が正しいかどうかは別にして、トラックの荷台と、車から荷物を運びおろしている一人の中年の男性と、ベンチの端にひっかかりでもしたように坐っている老人と、その三者のうちで最初に生きて動いたのは、太陽ではなかったかと考えた。昔と変わらず、夕暮れは広くて、大きかった。

あとがき

現代の老いについて考える短い文章を読売新聞夕刊に月一回書くようになってから、もう二十年ほどが経つ。筆者の年齢でいえば二〇〇五年五月は七十三歳だったのだから、この二〇二四年五月には九十二歳となる。

「老いのかたち」に始まり、「老いの味わい」「老いのゆくえ」と続いて、今回の「老いの深み」まで、中公新書で四冊の老年雑記を書いたことになる。老いについての理屈や考察というより、日々の我が身をめぐる出来事やそれについての感想を率直に書き連ねることによって、現代の老いの姿や、その中にあるものを可能な限り具体的に捉え、観察し、描き出そうとする試みは、簡単なようでいて、さほどやさしい作業ではなかった。唯一の自慢は、この二十年ほどの間に、ただの一度も連載を休まなかったことくらいである。

月一回の夕刊掲載にあたって毎回筆者の小さな顔写真が紙上に出るためもあってか、近くの街中でよく未知の読者に声をかけられるようになったのも、九十年ほどを生きて初めての体験である。面白かったとか、近所のあの坂のことを書いたのですね、などと言葉をかけられたりすると、こちらもなぜか慌てて表情を整えて応ずる。相手はほとんどが高齢の女性であり、この先のお互いの健康を祈る挨拶を交して別れることが多い。

この先は、どうなるのかわからない。

——まず生きてみなければ始まらない。

今回も、本書が生み出されるに際しては、読売新聞文化部の待田晋哉氏と、中央公論新社・中公新書編集部の田中正敏氏にお世話になったことを記して、あらためて御礼を申し上げます。

二〇二四年三月

黒井千次

本書は読売新聞夕刊連載「日をめぐる音」を書籍化したものです。Ⅰ章は二〇一九年五月より十二月まで、Ⅱ章は二〇二〇年、Ⅲ章は二〇二一年、Ⅳ章は二〇二二年、Ⅴ章は二〇二三年の連載を収録しました。なお、一部加筆修正を行い、タイトルを変更しています。

黒井千次（くろい・せんじ）

1932年（昭和7年）東京生まれ．55年東京大学経済学部卒業後，富士重工業に入社．70年より文筆生活に入る．69年『時間』で芸術選奨新人賞，84年『群棲』で第20回谷崎潤一郎賞，94年『カーテンコール』で第46回読売文学賞（小説部門），2001年『羽根と翼』で第42回毎日芸術賞，06年『一日 夢の柵』で第59回野間文芸賞をそれぞれ受賞．

著書『時間』（講談社文芸文庫）
『働くということ』（講談社現代新書）
『群棲』（講談社文芸文庫）
『カーテンコール』（講談社文庫）
『羽根と翼』（講談社）
『一日 夢の柵』（講談社文芸文庫）
『高く手を振る日』（新潮文庫）
『流砂』（講談社）
『枝の家』（文藝春秋）
『老いのかたち』（中公新書）
『老いの味わい』（中公新書）
『老いのゆくえ』（中公新書）
ほか多数

老い（お）の深（ふか）み
中公新書 2805

2024年5月25日初版
2024年11月5日7版

著　者　黒井千次
発行者　安部順一

本文印刷　三晃印刷
カバー印刷　大熊整美堂
製　　本　小泉製本

発行所　中央公論新社
〒100-8152
東京都千代田区大手町1-7-1
電話　販売　03-5299-1730
　　　編集　03-5299-1830
URL https://www.chuko.co.jp/

Published by CHUOKORON-SHINSHA, INC.
Printed in Japan　ISBN978-4-12-102805-1 C1295

中公新書刊行のことば

いまからちょうど五世紀まえ、グーテンベルクが近代印刷術を発明したとき、書物の大量生産は潜在的可能性を獲得し、いまからちょうど一世紀まえ、世界のおもな文明国で義務教育制度が採用されたとき、書物の大量需要の潜在性が形成された。この二つの潜在性がはげしく現実化したのが現代である。

いまや、書物によって視野を拡大し、変りゆく世界に豊かに対応しようとする強い要求を私たちは抑えることができない。この要求にこたえる義務を、今日の書物は背負っている。だが、その義務は、たんに専門的知識の通俗化をはかることによって果たされるものでもなく、通俗的好奇心にうったえて、いたずらに発行部数の巨大さを誇ることによって果たされるものでもない。現代を真摯に生きようとする読者に、真に知るに価いする知識だけを選びだして提供すること、これが中公新書の最大の目標である。

私たちは、知識として錯覚しているものによってしばしば動かされ、裏切られる。私たちは、作為によってあたえられた知識のうえに生きることがあまりに多く、ゆるぎない事実を通して思索することがあまりにすくない。中公新書が、その一貫した特色として自らに課すものは、この事実のみの持つ無条件の説得力を発揮させることである。現代にあらたな意味を投げかけるべく待機している過去の歴史的事実もまた、中公新書によって数多く発掘されるであろう。

中公新書は、現代を自らの眼で見つめようとする、逞しい知的な読者の活力となることを欲している。

一九六二年一一月

中公新書

哲学・思想

宗教・倫理

中公新書

心理・精神医学

c1

中公新書

言語・文学・エッセイ

j2

2608 万葉集講義 上野 誠
1656 詩歌の森へ 芳賀 徹
1729 俳句的生活 長谷川 櫂
1891 漢詩百首 高橋睦郎
2412 俳句と暮らす 小川軽舟
824 辞世のことば 中西 進
3 アーロン収容所（改版） 会田雄次
1702 ユーモアのレッスン 外山滋比古
2053 老いのかたち 黒井千次
2289 老いの味わい 黒井千次
2548 老いのゆくえ 黒井千次
2805 老いの深み 黒井千次
220 詩経 白川 静

中公新書

地域・文化・紀行

t 1

地域・文化・紀行

t 2